THOMAS KLAPPSTEIN

Daß einer gestorben ist, heißt nicht, daß einer gelebt hat

Die interessantesten Geschichten
schreibt das Leben – die wenigsten werden erzählt
Leben vor dem Tod

AF220829

THOMAS KLAPPSTEIN

Daß einer gestorben ist, heißt nicht, daß einer gelebt hat

Die interessantesten Geschichten
schreibt das Leben –
die wenigsten werden erzählt

Leben vor dem Tod

Bibliografische Information der Deutschen Nationalbibliothek:
Die Deutsche Nationalbibliothek verzeichnet diese Publikation
In der Deutschen Nationalbibliografie; detaillierte bibliografische
Daten sind im Internet unter dnb.dnb.de abrufbar

Impressum:
Alle Rechte vorbehalten
© 2020 Klappstein, Thomas
Coverillustration: Eva Dreyer
Einbandgestaltung: Silja Dreyer (Siljas Style Moers)
Satz: Silja Dreyer
Herstellung und Verlag: BoD – Books on Demand, Norderstedt
ISBN: 978-3-7519-7351-9
Auch als eBook erhältlich

9 783751 973519

Charly Brown:
„Eines Tages werden wir alle sterben"
Snoopy:
„Ja, aber alle anderen Tage werden wir leben"

Aus „Die Peanuts" von Charles M. Schulz

Inhalt

Geleitwort des Autors

Alle unsere Wege haben ein Ende, ein frühes oder ein spätes Ziel.

Sie, liebe Leserin, lieber Leser und ich wissen, dass das Leben auf dieser Erde einen Anfang und ein Ende hat. Nach dem Start ins Leben, dem Beginn, erreicht man früher oder später sein Ziel, sein Ende. Man stirbt. Aber hat jemand, der gestorben ist, auch wirklich gelebt hat? Gibt's ein „Leben vor dem Tod?"

Es war Joachim Ringelnatz der einmal gedichtet und gereimt hat:

„Kam einer / Ging einer / und keiner – schrieb's nieder."

Ein Auftritt, ein Leben, das die große weite Welt äußerlich scheinbar nicht verändert hat. Doch oft hatte es enormen Einfluss im eigenen Umfeld und hat dadurch auch wieder die Welt verändert. Denn Veränderungen passieren ja im Kleinen, im Miteinander, in der persönlichen Begegnung und Beeinflussung. Im Idealfall der positiven Beeinflussung. Der Tod eines Menschen wird in Relation zur Weltbevölkerung (zu den lebenden Menschen) meist nur von wenigen zur Kenntnis genommen. Das ist scheinbar die Geschichte vieler Menschen. (Hat Ringelnatz also Recht gehabt?)

Jedes Leben jedoch ist es nicht nur wert, gelebt worden zu sein, sondern eigentlich auch erzählt zu werden.

Denn die interessantesten Geschichten schreibt immer noch das Leben selbst – nur werden die wenigsten erzählt.

Ich bin seit über 20 Jahren u. a. als Redner für Abschieds- und Trauerfeiern aktiv. Habe inzwischen über 1.000 Beerdigungen begleitet. Ein wichtiger Aspekt ist für mich bei jeder Rede, das Leben der Person, von der man sich verabschiedet, noch einmal in einem kurzen Bogen Revue passieren zu lassen. Neben den tröstenden und geistlich-spirituellen Impulsen für die Trauergemeinde, die meist aus Familienangehörigen und Freunden besteht. Aus Respekt vor dem gelebten Leben des Menschen und damit auch jeder weiß, welche Persönlichkeit hier verabschiedet wird.

Oft habe ich gedacht, viele Leben, die mir in Gesprächen mit Angehörigen und Freunden präsentiert wurden, wären es einfach wert, als Geschichte erzählt zu werden. Geschichten die das Leben schrieb, abseits von Prominenz und Medienpräsenz, die aber Einfluss auf das Leben anderer Menschen gehabt haben und Eindrücke hinterlassen haben. Bei denen ich mich auch so manches Mal in meinen Handlungen und meinem Verhalten hinterfragt habe. Geschichten von ganz normalen Menschen. Wie sie ihren Alltag bewältigt haben und wie sie in einer bestimmten Zeitspanne zur Historie einer Region, eines Landes gehören.

Deshalb kam mir die Idee zu diesem Buch, die ich einige Jahre mit mir herumgetragen habe, mit der ich mich immer wieder beschäftigt habe, „schwanger gegangen bin" und die ich jetzt endlich in die Tat umgesetzt habe.

Aus über 1.000 Lebensläufen, die mir in meiner bisherigen Tätigkeit als Pastor und Trauerredner präsentiert wurden und deren sich dahinter verbergenden Lebensgeschichten allesamt wert gewesen wären zu erzählen, galt es eine Auswahl zu treffen. Einige waren für mich gesetzt, seitdem ich mich mit der Idee für dieses Buch beschäftigt habe. Die Menschen in diesen Geschichten hätte ich auch gerne persönlich getroffen. Bei anderen musste ich abwägen und entscheiden, welche Geschichte ich mit hineinnehme und welche ich zunächst aussen vor lasse. Für ein eventuell weiteres Buch.

Ich habe versucht einen Querschnitt zu präsentieren zwischen Lebensgeschichten, die lange währten und Lebensgeschichten, die schon nach wenigen Jahren zu früh endeten. Leben, die auf natürlichem Wege, durch einen ganz normalen Alterstod endeten, Leben, bei denen Krankheiten das Ende einläuteten, Leben, die eigenhändig beendet wurden, Leben, die durch andere beendet wurden und Leben, die durch ein tragisches Unglück ihr Ende fanden. Alle Geschichten haben mich beeindruckt und z.T. auch hinterfragt. Geschichten, die das Leben schrieb, deren frühester Beginn aus dem Jahre 1908 datiert und Anfang des neuen Jahrtausends endeten, aber auch Lebensgeschichten, die erst Mitte der 1990er Jahre begonnen haben und bereits nach wenigen Jahren endeten. Aber alles Lebensgeschichten, die zwischen dem Jahr 2000 und 2020 ihren Abschluss fanden. Geschichten von Menschen, die durchaus einen Querschnitt der aktuellen Gesellschaft repräsentieren. Und somit auch ein wenig Zeitgeschichte von etwas mehr als 100 Jahren dokumentieren. Leben, die im Wesentlichen im Westen Deutschlands, im Ruhrgebiet und Umland gelebt wurden und Leben, die im Norden Deutschlands, sowie z. T. in Mecklenburg gelebt wurden. Von Menschen aus Deutschland, England, Holland, Indien.

Einige Geschichten werden mit den wirklichen Namen und Daten der Menschen erzählt, deren Leben in diesen Geschichten präsentiert wird. Hierfür habe ich mit den Angehörigen Kontakt aufgenommen, ihnen meine Idee und mein Anliegen präsentiert und die Genehmigung erhalten, die realen Namen zu verwenden. Keiner hat abgelehnt. Für einige ist es „eine Ehre", dass die Geschichte ihres Ehepartners, ihres Kindes, ihres Elternteils hier erzählt wird. In den anderen Geschichten wurden alle vorkommenden Namen von mir verändert und auch einige persönliche Daten nur vage erwähnt oder Datumsangaben nur in zeitliche Nähe des Ursprungs gerückt. Die Geschichten sind aber alle so passiert.

Der Schriftsteller und Dramatiker Wolfgang Borchert hat mal geschrieben:

„Ein Mensch stirbt. Und? Nichts weiter. Der Wind weht weiter. Die Elbe quasselt weiter. Die Straßenbahn klingelt weiter."

Passt ein bisschen zu dem Ausspruch von Ringelnatz, den ich am Anfang dieses Geleitwortes zitiert habe, nicht wahr?

Von Wolfgang Borchert ist auch überliefert: „Eines der tollsten Abenteuer, die wir auf dieser Welt haben können: sich selbst zu begegnen." Nicht selten wird man zu dieser Selbstbegegnung angeregt durch Geschichten, die das Leben schrieb. Um dann im Bedarfsfall seiner Lebensgeschichte eine neue Richtung zu geben.

Ich wünsche Ihnen eine unterhaltsame Lektüre. Und wenn es für Sie, angeregt durch die kurzen Geschichten, die das Leben geschrieben hat, zu einer Begegnung mit Ihnen selbst kommt, umso besser.

Herzlichst / God bless
Thomas Klappstein
Duisburg, Sommer 2020

Rolf

Es ist ein kleines Wunder, dass er so lange leben durfte. Rudolf Karl Kleff, bei allen nur als Rolf bekannt, er unterschrieb auch nur mit Rolf, wurde im August 1929 in Duisburg geboren. Ein echtes Kind es Ruhrgebietes, ein Duisburger Jung. Seine Kinder- und Jugendjahre erlebte er, zusammen mit seinen beiden Schwestern Marga und Renate, im Wesentlichen in seiner Geburts- und Heimatstadt. Im Stadtteil Duissern. Unterbrochen von einem Aufenthalt in Wesel, während der Kriegsjahre des 2.Weltkrieges.

Die Überschrift seines Lebens könnte auch so lauten:
* ★ Der Mann, der nicht aufgab
* ★ Der Mann mit dem eisernen Willen
* ★ Erfülltes Leben trotz krankem Herzen

Denn Rolf war krank, schwer Herzkrank. Von Jugend an. Angesehen hat man es ihm nicht, wenn man ihm das erste Mal begegnet ist. Ein Mann mit einer positiven Lebensausstrahlung. Ein Mensch, der gerne am Leben teilnahm, es sich und anderen angenehm zu machen wusste.

Als 18jähriger bekam er erstmals Probleme mit dem Kreislauf. An einen Herzklappenfehler dachte der damals sportliche junge Mann natürlich noch nicht. Der wurde erst später diagnostiziert. Mitte der 1950iger Jahre wurde Rolf als dem ersten Patienten in Deutschland eine künstliche Herzklappe eingesetzt. Es war nicht die einzige Operation. Viele schwere Operationen sollten folgen.

Patienten mit diesem Krankheitsbild und nach diesen Operationen hatten damals eine Lebenserwartung von 5 bis 6 Jahren. Diese Prognose wurde von Rolf mehr als getoppt. Auch die Medien interessierten sich für ihn. Er galt als medizinisches Phänomen, mit einer einmaligen Krankengeschichte, gepaart mit einem ungeheuren Lebenswillen. Die Welt am Sonntag, die WAZ, Illustrierte Wochenblätter, sie alle brachten grosse, bebilderte Storys von Rolf und seiner Familie. Mitte der 1990erJahre äusserte Rolf sich in einem Interview mit einer Tageszeitung zu seiner Krankengeschichte und seiner positiven Lebenseinstellung. Dass er unbedingt noch das Jahr 2000 erleben möchte. Der Mensch braucht halt Ziele. Rolf erreichte das Jahr 2000. Darüber hinaus noch 16 weitere Jahre.

Rolf Kleff war ein ausgefülltes und erfülltes Leben vergönnt. Nach Abschluss seiner Schulzeit absolvierte Rolf zunächst eine berufliche Ausbildung zum Friseur. Aufgrund seiner Herzerkrankung konnte er diesen Beruf jedoch nicht erwerbsmäßig ausüben. Bekam eine Weile eine Erwerbsunfähigkeitsrente. Erholte sich nach diversen Operationen aber soweit, dass er zumindest leichte Bürotätigkeiten wieder ausüben konnte und fand eine Anstellung bei Mannesmann in der Mikroverfilmung.

Mit Anneliese lernte er gleich zu Beginn der 1950iger Jahre die Liebe seines Lebens und die Frau fürs Leben kennen. Anneliese stammte aus Neuwied an der Loreley.

Rolf machte während des jährlichen „Rhein in Flammen" Festes dort Urlaub.

Stand dort auch mit seiner Gitarre auf der Bühne im Festzelt, als Anneliese das Zelt betrat. In Begleitung ihres Onkels und weiteren Besuchs, der extra zu „Rhein in Flammen" angereist war. Es war die viel gerühmte „Liebe auf den 1. Blick".

Rolf entdeckte Anneliese im Publikum, Anneliese entdeckte Rolf auf der Bühne – und die Blicke trafen sich. Rolf wollte unbedingt mit Anneliese tanzen. Der Anneliese begleitende Onkel wollte dies ein wenig verhindern. Aber sie tanzten an diesem Abend. Anneliese hat am nächsten Tag noch „blau gemacht" und dann war auch eigentlich alles klar.

Rolf, der mit einem Kumpel aus Duisburg an die Loreley gekommen war, der später sogar Annelieses Schwager wurde, dachte eigentlich, dass das sein letzter Urlaub sein würde. Die Herzerkrankung war schon diagnostiziert und viel Hoffnung wurde ihm nicht mehr gemacht. Anneliese war bewusst, dass sie wahrscheinlich keine lange Partnerschaft mit Rolf erwarten konnte. Aber die Liebe war stark. Am 20. Dezember 1952 wurde geheiratet und Hochzeit gefeiert. Fast 64 Jahre waren die beiden ein Ehepaar. Dass sie die Silberhochzeit feiern durften, war schon ein kleines Wunder. Die Goldhochzeit ein großes Wunder und die Diamantene Hochzeit nach 60 Jahre echte Gnade. Ein Geschenk, das selbst unter gesunden Menschen nur wenigen vergönnt ist.

Rolfs Energie reichte aber nicht nur für die Ehe, sondern auch für eine kleine Familie. Dagmar und Rolf, bei den männlichen Nachkommen der Familie wurde der Vorname konsequent weitergegeben, machten aus dem glücklichen Ehepaar Kleff, die kleine und genauso glückliche Familie Kleff. Die auch gerne gemeinsame Aktivitäten unternahm. Oft genug auch nur Rolf mit den Kindern, während Anneliese zuhause Näh- und Schneiderarbeiten erledigte, um für die Familie ein wenig hinzuzuverdienen. Legendär sind z. B. die Fahrradtouren am Samstag gewesen. An denen nicht nur die eigenen Kinder, sondern auch andere Kinder der Straße, so auch Jürgen Focke, liebend gerne teilnahmen. Um 10 Uhr ging es los, Kartoffelsalat dabei und Rast wurde meistens zwischen Rahm und Angermund gemacht. An einem großen Maulbeerbaum, der innen hohl war und in den alle Kinder reinpassten. Am Rahmer Bach mahnte Rolf die mitfahrenden Kids zur Vorsicht und lag irgendwann schließlich selbst im Wasser. Momente an diejenigen, die sie miterlebt haben, sich auch nach vielen Jahrzehnten noch gerne mit einem Schmunzeln erinnern.

Jürgen Focke, eine Art zusätzlicher „Ziehsohn", wie er auch gern selbst sagt, im Erwachsenenalter dann der Hausarzt von Rolf und seiner Familie, erinnert sich gerne an die Sonntage: Zuhause bei seinen Eltern, deren Haus und Praxis sich in dem Haus gegenüber der Wohnung von Rolfs Familie befand, hat Jürgen noch zu Mittag gegessen. Als die eigenen Eltern sich dann zum Mittagsschlaf hinlegten, ging es für ihn zur Familie von Rolf, und zusammen mit dessen Kindern, Dagmar und Rolf, gab's mit „Flipper", „Die kleinen Strolche" und „Bonanza" das volle mediale damals zur Verfügung stehende Sonntagnachmittagsfernsehprogramm. Anschliessend ging es mit Rolf zum Spar Club und hinterher wurde noch eine Runde gedreht und dann gab es die legendären „Pommes 30/10/10": Zu 30 Pfennig Pommes und jeweils zu 10 Pfennig Majo und Ketchup.

Rolf ist mit seiner Familie auch viel gereist. Des Öfteren nach Italien, an den Comer See, dann aber auch an den Lago Maggiore. Sehr oft auch nach Österreich, auf die Hütte nach Erl, in Tirol, bei Kufstein. Dort war man den Sternen so schön nahe, wie sich Rolfs Ehefrau Anneliese gerne erinnert.

Rolf hatte einen starken Charakter und einen starken Willen. Hatte beides in seiner Situation auch nötig. Aber manchmal ging er auch mit dem Kopf durch die Wand.

Er wusste halt auch, was er wollte und konnte dies auch durchsetzen.

Aber Rolf war vor allem ein ruhiger, zudem humorvoller Mensch und Mann. Für seine Kinder war er der Kristallisationspunkt. Freundlich, heiter, fröhlich. Nie griesgrämig. Einfach lieb. Immer lieb. Rolf war auch ein Top-Opa für seine Enkelkinder Alexa und Leyla, Samantha und Jennifer. Er bekam sie ruhig, wenn keiner sie ruhig bekam.

Im zarten Alter von 42 Jahren hat Rolf noch zusammen mit seiner Anneliese den Führerschein gemacht. Auch wenn Rolf dann wegen seiner Krankheit nie regelmäßig gefahren ist. Vor allem keine langen Touren.

Zuhause bei Familie Kleff gab es immer eine offene Tür. Laut Ziehsohn Jürgen war die Küche bei Kleffs immer der „wärmste Ort der Straße". Wenn man die

Wohnung betrat, wurde man gefragt: „Willste was zu essen?". Pflaumenkuchen, Frikadelle oder Bratkartoffeln konnte man immer bekommen. Dort, in der Wohnung in Huckingen, die Rolf mit seiner Familie im Erstbezug seit 1964 bewohnte.

Hier hatte er sich im Keller auch einen kleinen privaten Friseursalon eingerichtet. In dem Freunde und Bekannte für kleines Geld einen Haarschnitt verpasst bekamen. Für DM 3,50. Und ein Bier gab's zusätzlich noch dabei. Natürlich nur für die erwachsene Kundschaft.

Rolf kümmerte sich auch um die Grünanlagen des Hauses, in dem sich die Wohnung der Familie befand. War auch hier gerne draussen. Wie er überhaupt die Natur liebte. Als sein Sohn Rolf einen Shop an der Sechs-Seen-Platte im Duisburger Süden hatte, mit Boots- und Surfbrettverleih und Kiosk, war „Vadder Rolf" hier im Sommer meist anzutreffen. Am liebsten mit freiem Oberkörper, wenn das Wetter es zuließ.

In den letzten Jahren gab's nochmal Familienzuwachs in Form von Dirk.

Quasi auch einen Ziehsohn, der allerdings schon im gestandenen Mannesalter in das Leben der Familie oder besser des Ehepaares trat und der sie quasi adoptiert hat. Dirk bezog irgendwann eine der Nachbarwohnungen im Haus und irgendwie passte es von vornherein. Sie wurden nicht nur Nachbarn, sondern auch Freunde.

Mit Dirk teilte Rolf auch die Leidenschaft für den Fußball. Über gute Spiele, wie z. B. das legendäre 7:1 der Deutschen Nationalmannschaft gegen Brasilien während der Fußball-Weltmeisterschaft 2014 in Brasilien, wurde gerne diskutiert und gesprochen. Und auch so manches Spiel zusammen geschaut.

Ende des Sommers 2016 wurde aber deutlich, dass sich die Lebensspanne von Rolf wohl dem Ende entgegenneigt. Die Kinder waren jetzt so oft es ging bei ihm. Zuletzt konnte Rolf zuhause nicht mehr gepflegt werden. Im Anna-Krankenhaus in Huckingen, auf der Paläativabteilung, war er bestens aufgehoben. Hier schloss er am 5. November endgültig seine Augen. Im gesegneten Alter von 87 Jahren.

Nicht schlecht für einen Mann, dessen ursprüngliche Lebensprognose nur ungefähr bis zu seinem 30. Lebensjahr reichte. Ein echtes Wunder.

An diesem Novembertag 2016 endete das Leben von Rolf Kleff auf dieser Erde.

Harry

Harry hat gelebt, gerne gelebt. Intensiv gelebt. Die meiste Zeit seines Lebens. Die Kerze brannte immer an beiden Enden. Wenn Harry auf der Bildfläche erschien, wenn er einen Raum betrat, veränderte sich die Atmosphäre zusehends positiv. Er war eine gewinnende Persönlichkeit. Gerne begab er sich unter Menschen. Er hatte etwas, was sich viele wünschten. Charisma und Ausstrahlung. Vielleicht war er damit zu großzügig. Sein selbstgewählter Abgang aus diesem Leben lässt zumindest für die letzten Monate seines Lebens die Vermutung zu, dass es in seinem Innersten eine Veränderung gab, wodurch auch immer bedingt, die in ihm den Eindruck mehr und mehr verfestigten, dass Leben und Situationen nicht mehr in den Griff zu bekommen seien. Die Fassade bröckelte. Nur wenige nahe Menschen, die Partnerin, enge Freunde, bekamen diese Veränderung mit. Aufhalten konnten sie sie nicht. So etwas kann keiner.

Wer aber war Harry?

Auf jeden Fall ein Original. Ein einzigartiges Geschöpf.

Harry wurde 1959 in Eisleben, in der damaligen DDR (Deutschen Demokratischen Republik) geboren. Aufgewachsen ist er in Benndorf bei Eisleben und Lutherstadt. Nach Beendigung der Polytechnischen Oberschule in Benndorf absolvierte er in der DDR verschiedene Berufsausbildungen. Zunächst ließ er sich zum Instandhaltungsmechaniker bzw. Betriebsschlosser ausbilden, absolvierte während seiner NVA-Zeit

(NVA = Nationale Volksarmee) ein Fachschulstudium zum Krankenpfleger und bildete sich später noch zum Fachmann für Gastronomie fort. In der Gastronomie hat er dann einige Jahre gearbeitet.

Als freiheitsliebender Mensch haderte Harry Piehl aber mit dem System in der DDR. Im Aufbruchjahr 1989, als der eiserne Vorhang durchlässiger wurde, flüchtete er über Prag in die Bundesrepublik Deutschland. Es war nicht sein erster Anlauf, aber dieser war erfolgreich. Im Westen angekommen, fasste er im Ruhrgebiet Fuß, arbeitete zunächst als Kellner in der Gastronomie und bekam dann eher zufällig Kontakt zu einer Agentur der „Immer da, immer nah-Versicherung". Durch sein überzeugendes und gewinnendes Auftreten bot man ihm kurzfristig eine Beschäftigung innerhalb dieser Versicherung an. Es begann quasi ein Leben auf der Überholspur.

Innerhalb der „Immer da, immer nah" erarbeitete sich Harry durch ungeheuren Fleiß, Einsatz und Engagement schnell einen guten Ruf. Während der ersten zwei Jahre wurde Harry auf dem Gebiet der ehemaligen DDR, im Land Brandenburg eingesetzt. Dort legte er Strukturen für ein weiteres erfolgreiches Arbeiten seines Unternehmens.

Sein Arbeitgeber dankte ihm diesen Einsatz mit einer eigenen Geschäftsstelle in Duisburg. In und mit dieser Geschäftsstelle hat er einige Jahre sehr erfolgreich gearbeitet. Gelangte in kürzester Zeit zu Wohlstand und Eigentum.

Später, im Jahre 2000 wechselte er „zum Fels in der Brandung". Auch in diesem Versicherungsunternehmen war er sehr erfolgreich und genoss bei Kollegen und Geschäftsleitung hohen Respekt. Ende 2006, bedingt durch einen Umzug nach Köln, wechselte er innerhalb der Versicherungsbranche noch einmal das Unternehmen und ging zur „Keine Sorge – Versicherung". Beruflich keine glückliche Entscheidung, wie sich bald herausstellte.

Harry arbeitete gerne, aber genauso gerne feierte er auch. Und er wusste Feste so zu organisieren, dass viele etwas davon hatten. Für ein nachbarschaftliches Straßenfest organisierte er kurzerhand eine komplette Straßensperrung, damit Kinder zusätzlich Platz für ein Spieleevent hatten. Um Nikolausfeiern mit Glühweinstand und vielen Gästen stilecht zu zelebrieren, wurden Schneekanonen organisiert. Nichts war ihm zu viel. Wenn jemand Hilfe brauchte, war Harry zur Stelle und packte an. Auch wenn es ihm gesundheitlich in dem Moment manchmal selbst nicht gut ging. Harrys kommunikative Fähigkeiten bereicherten für seine Freunde das Zusammensein. Er fand schnell Kontakt und Zugang zu den Menschen. Er war einfach ein Original. Sprichwörtlich bekannt wie ein bunter Hund.

Nicht nur in seiner Stadt und Umgebung. Auch im mondänen österreichischen Wintersportort Ischgl. Hier verbrachte er gerne seinen Urlaub und länger zusammenhängende freie Tage. Auch hier kannte ihn eigentlich jeder. Vom Bürgermeister bis zum Skiliftanschieber. Hier war er der „Ischgl-Harry".

Und auch auf der anderen Seite des Atlantiks, in New York nahm man von ihm Notiz.

Als er dort den New York – Marathon lief, in einer sehr passablen Zeit, ließ er es sich nicht nehmen, diesen

Marathon im Milka-Kuh-Kostüm zu laufen. Und da auch seine Lebensgefährtin mit entsprechender Kopfbedeckung am Straßenrand stand, fiel das natürlich auf. Beide waren beliebtes Fotomotiv und auch die Presse wurde auf sie aufmerksam. Überhaupt Marathon. Kurz nach seinem 4. Runden Geburtstag beschloss Harry Marathon zu laufen und tat es auch kund. So richtig ernst nahm es keiner, aber er trainierte ein halbes Jahr und absolvierte erfolgreich den ersten Lauf in Duisburg. Es folgten weitere Läufe. U. a. der Hanse-Marathon in Hamburg, in Köln, London, wie schon erwähnt New York und weitere.

Sekt oder Selters. Das Leben musste auf der Überholspur stattfinden. Die Kerze brannte immer an beiden Enden.

Im Beziehungsleben gab es einige Aufs und Abs. Simone, mit der er seit zweieinhalb Jahren fest zusammen war, war vielleicht schon lange und eigentlich die Liebe seines Lebens. Als „gelernte DDR-Bürger" haben sich beide auch dort kennengelernt. Über eine Zeitungsannonce in Ostberlin. Der Stadt, aus der Simone kommt. Man mochte sich, liebte sich, aber so richtig zusammen als Paar kam man irgendwie nicht. Lebte auch nicht zusammen. Auch wenn man zeitgleich und voneinander wissend in den Westen geflüchtet ist. Harry über Prag, Simone über Ungarn.

Vorher hatte Harry im Jahre 1989 bei einem berufsbedingten Aufenthalt an der Ostsee Conny kennengelernt.

Die Freundschaft und der Kontakt zu Simone blieb über all die Jahre auf platonischer Ebene bestehen. Geheiratet hat er Conny in der ersten Hälfte der 1990er

Jahre. Knapp 10 Jahre später hat man sich im Guten getrennt. Freundschaftliche Kontakte zwischen Conny und Harry wurden weiterhin gepflegt. Man hat sich gesehen, regelmäßig miteinander telefoniert. Eigentlich wollten sie sich dieses Jahr scheiden lassen. Harry wollte Simone heiraten. Am 07.07.07. Klar, wann auch sonst.

Bisschen kuddelmuddelig denken vielleicht einige, aber so war es.

Sekt oder Selters. Das Leben musste auf der Überholspur stattfinden. Und die Kerze brannte immer an beiden Enden. „Liebenswerter Chaot", dieses Attribut passte zu Harry. Aber irgendwann wurde es auf der Überholspur scheinbar zu schnell. Vielleicht auch unübersichtlich. Und das Entzünden der Kerze an beiden Enden führte irgendwann zum Ausgebrannt sein. Was es im Detail war, kann man jetzt nur vermuten. Harry musste sicherlich auch feststellen, dass nicht alles Gold ist, was glänzt und diese Erkenntnis verarbeiten. Ein nicht geringes Mass trug wohl die berufliche Situation der letzten Monate bei. Der Wechsel vom „Fels in der Brandung" zur „Keine Sorge-Versicherung" war für Harry kein guter Wechsel. Diesmal fiel es ihm schwer, sich an das neue Umfeld zu gewöhnen. Zudem fühlte er sich ausgebrannt, ohne Energie. Geriet in eine psychische Abwärtsspirale, die keiner stoppen konnte. Einige Male schon hatte er den Freitod erwähnt. Durch Intervention von Lebenspartnerin Simone und seinem besten Freund Uwe wurde es wohl immer wieder aufgeschoben. Aber dieser Drang konnte nicht aufgehalten werden. Im März 2008 beendete Harry sein Leben, indem er sich einfach aufhing. Unfassbar! Nicht einzusortieren! Wohl nie richtig nachzuvollziehen und zu erklären. Es wird unbegreiflich bleiben, dass ein Leben in den besten Jahren, ein so interessantes Leben, so abrupt und unter diesen Umständen zu Ende gehen musste.

Roli

Wer war Roland Miksch?

Roland „Roli" Miksch war das, was man ein Original nennt. Ein Original des Schöpfers dieser Welt – Einzigartig. Der Schöpfer schafft nur Originale.

Roli wurde im Juli 1966 in Duisburg geboren. Ein echtes Kind des Ruhrgebietes. Ein Duisburger Jung. Zwei Schwestern und zwei Brüder sorgten mit dafür, dass es in seinen Kinder- und Jugendjahren nicht langweilig wurde. Nach Beendigung der Schule absolvierte er eine berufliche Ausbildung zum Industrieanlagenisolierer und arbeitete dann auch in diesem Beruf.

Die Liebe seines Lebens und Partnerin fürs Leben begegnete ihm mit Sonja. Auc „Sonne" genannt. Als CB-Funker nahmen beide gemeinsam an einer sogenannten „Fuchsjagd" teil. Und als der Fuchs gefangen war, man auf einmal nicht mehr nur die Stimme im Lautsprecher hörte, sondern sich live gegenüberstand, war es so etwas wie Liebe auf den 1. Blick. An einem Maitag Mitte der 90er Jahre wurde aus Roli und Sonne ein Ehepaar und Sohn Robin sorgte noch im selben Jahr dafür, dass aus dem jungen Ehepaar eine kleine, glückliche Familie wurde. Mit einer gemeinsamen Leidenschaft: dem MSV-Duisburg.

Von Jugend an war Roli MSV-Fan. Gehörte den Fan-Clubs VERNOZ Duisburg und Communidad an. Roli war ein leidenschaftlicher Fan, für den der MSV ein wichtiger Bestandteil seines Lebens wurde. Mit den Jahren entwickelte er sich zu einer der zentralen Personen innerhalb der MSV-Fan-Szene. Im Wedau-Stadion und dann in der MSV-Arena bekannt und beliebt. Vor allem natürlich in der Fan-Kurve. Eigentlich schon legendär zu nennen. Die Eintragungen im Internet, auf dem MSV-Portal zu seiner viel zu frühen Auswechslung aus diesem Leben zeugten eindrücklich davon. Auch die vielen Kerzen und Trauerbekundungen am Zaun des Eingangs zur Fan-Kurve der MSV-Arena nach seiner Auswechslung: „Du warst, Du bist, Du wirst immer ein Teil unserer Kurve sein" war dort zu lesen." Roli war eine Seele von Mensch, wie MSV-Fans zu berichten wussten. Ihm war es immer wichtig, gemeinsam Dinge zu erreichen. In Rolis Engagement für den MSV kam auch immer wieder sein Humor durch. Berühmt und positiv berüchtigt war er für so manche spektakuläre Aktion. Eine dieser Aktionen sorgte dann auch für den Spitznamen „ZAUNKÖNIG".

Rolis gewinnende Persönlichkeit konnte eine Gruppe positiv beeinflussen. Roli war auch für die MSV-Offiziellen ein Gesprächspartner. Ein Ansprechpartner in Fan-Fragen.

So lange es ging, war Roli bei den MSV-Spielen dabei. Bei seinem letzten Auswärtsspiel begleitete er den MSV nach Hannover. Und bei seinem letzten Heimspiel war der HSV zu Gast beim MSV.

Die Fans haben regen Anteil an Roli Kampf gegen seine Krebskrankheit genommen und ihm immer wieder Mut gemacht, durchzuhalten. Bei einem Pokalspiel gegen Werder Bremen wurde ein grosses Banner in der Fan-Kurve ausgebreitet mit der mitmachenden Aufforderung: „KÄMPFEN ROLI – NICHT AUFGEBEN". Es tat unendlich gut, so viele Menschen an seiner Seite zu wissen. Dabei war Roli selbst immer jemand, der Lebensmut und Zuversicht vermitteln konnte.

Auch die Spieler des MSV Duisburg wollten einen ihrer zentralen MSV-Fans wissen lassen, dass sie an ihn denken, hinter ihm stehen. Das von Roli gewünschte MSV-Trikot, von allen Spielern unterschrieben und mit dem Slogan „Kämpfen und Siegen" versehen, wurde ihm noch wenige Tage vor seiner „Auswechslung" überreicht. Dazu die Torwarthandschuhe von Tom Starke, der übrigens später als Ersatztorwart zu den Bayern ging.

Kurzzeitig hat Roli auch selbst Fußball gespielt. Später dann als Fußballtrainer die Mädchen- und Damenmannschaften vom F.C.Taxi in Duisburg trainiert.

Der Fußball und der MSV waren ein wichtiger Part war im Leben von Roland Miksch. Aber es gab auch andere Dinge, für die er sich begeistern konnte. Als grundsätzlich dem Leben gegenüber positiv eingestelltem Menschen, der Lebensmut und Zuversicht vermitteln konnte. Seine Familie, seine Sonne und sein Robin waren zentrale Menschen. Geliebte Menschen. Für sie hat er gekämpft. Gemeinsam teilten sie die Leidenschaft für den MSV und hatten somit auch viele gemeinsame Erlebnismomente. Gemeinsam besuchten sie auch immer wieder gerne die Freizeitparks der näheren Umgebung, wie Movie-World oder Phantasialand. Von den Achterbahnfahrten konnte Roli nie genug bekommen.

Die feste Skatrunde mit seinen Freunden gehörte zu seinem Leben. Beim Angeln am Rhein oder im Innenhafen fand er Entspannung. Und die letzten 10 Jahre entwickelte sich sein Gartenteich zu einem grossen Hobby, in dem er Koys aussetzte und aufzog.

Ein Cabriolet als Auto war schon lange ein Wunsch von Roli. Und als er sich diesen Wunsch erfüllt hat, wurden in dem Jahr seiner Auswechslung noch viele Cabrio-Touren unternommen.

In der Familie, bei Freunden und Bekannten war er beliebt. Stets hilfsbereit, wenn einer in Not war und seine Hilfe brauchte. Ein im Wesen fröhlicher und lieber Mensch, der gerne Gemeinschaft hatte.

Fasziniert war Roland Miksch zudem von der Lektüre der Trilogie „DER HERR DER RINGE", von John Ronald Reuel Tolkien. Das Zitat auf der Karte, die nach seiner Auswechslung vom Diesseits ins Jenseits verschickt wurde, stammte aus diesem Werk:

„Es ist nicht an dir zu entscheiden,
was dein Schicksal ist.
Dir ist gegeben zu entscheiden,
was du mit der Zeit machst,
die dir auf diesem Planeten gegeben ist."

In DER HERR DER RINGE treten Gut und Böse gegeneinander an. Und wenn man sich mit der Person von Tolkien beschäftigt hat, dem Autor der Triologie, weiss man, dass er den Kampf Gottes gegen den Satan, der um jede Menschenseele geführt wird, in dieser literarischen Form schildert. Ein Ring verleiht dabei die Macht zum Guten oder Bösen. Die Frage ist dabei immer entscheidend, für welche der Seiten, die in diesem Buch geschildert werden, man sich entscheidet.

Roland Miksch hatte auf diesem Planeten nur einen Zeitraum von 41 Jahren. Aber diese 41 Jahre waren gut gefüllt. Viele haben davon profitiert. Er war jemand, bei dem man nach einer Begegnung mit ihm, positiv beeindruckt wieder loszog und seines Weges ging.

Zwei Jahren vor seiner Auswechslung wurde eine Krebserkrankung bei Roli diagnostiziert. Den Kampf gegen diese tückische Krankheit nahm er an. Gehofft haben viele mit ihm gemeinsam. Gekämpft hat er alleine. Einen langen Kampf.

Im November 2007 schloss Roli seine Augen für immer. Die Familie konnte sich noch bewusst von ihm verabschieden vor seiner Auswechslung. Letztlich war es nach dem langen Kampf und dem schweren Leiden der letzten Wochen und Monate auch so etwas wie eine Erlösung für Roli. Auch wenn er mit 41 Jahren viel zu früh gegangen ist. Vielleicht brauchte ihn der Universumscoach, der Teamchef des Himmels und der Erde, in seinem Ewigkeitsteam – im Allstar-Team oder im All-Star-Fanblock.

Rosi

Rosi wurde im Juni 1937 in Rheinhausen geboren. Damals noch selbstständige Stadt und nicht Stadtteil von Duisburg. Drei Schwestern und ein Bruder sorgten dafür, dass es in ihren Kinder- und Jugendjahren nicht langweilig wurde. Ihre Kindheit und Jugend verbrachte Rosi grösstenteils in Rheinhausen. Bis auf eine kurze Phase der damals so genannten „Kinderlandverschickung". Der 2.Weltkrieg tobte und das Ruhrgebiet war als Industrieregion bevorzugtes Ziel von Bombenangriffen. Kein sicherer Platz für kleine Kinder. So verbrachte die kleine Rosi eine Zeitlang in ländlichen Gefilden, die bedeutend sicherer waren.

Nach erfolgreichem Abschluss der Schule, absolvierte Rosi eine Ausbildung zur Kindergärtnerin. Arbeitete auch eine Zeitlang in diesem Beruf, bevor sie später als Hausfrau und Mutter für Ihre eigene Familie sorgte. Mit Reiner begegnete ihr in den 50er Jahren die Liebe ihres Lebens und der Mann und Partner für viele Jahrzehnte ihres Lebens. Kennengelernt haben sich beide während einer Tanzveranstaltung in einer damals angesagten Location in Rheinhausen. 1956 wurde dann in Rheinhausen Hochzeit gefeiert. 19 Jahre jung war Rosi damals. Reiner gerade 20.

Sechs Kindern schenkte Rosi im Laufe der nächsten 10 Jahre das Leben.

Und diese sorgten für ordentlich Leben in der Bude der Familie, in der immer ein guter und entspannter Familienzusammenhalt herrschte. Ihre eigenen Kinder wiederum machten Rosi später und im Laufe der Jahre zur sechsfachen leidenschaftlichen Großmutter.

Auch wenn Rosi als eigenständige Persönlichkeit ein gutes und bewusstes Eigenleben hatte, war sie immer wieder gerne mit ihrer Familie zusammen.

Man feierte im grossen Kreis Weihnachten, die runden Geburtstage und über die Karnevalstage ging es immer zur Schwester nach Köln zum Feiern.

Auch Zeit für Reisen und Urlaube mit ihrer Familie während ihrer jungen Jahre wurden ermöglicht. Man zeltete in Österreich und Spanien. So ging es in den frühen Jahren auch einmal mit 6 Leuten im GoGomobil in den Urlaub nach Österreich. Rosi und Reiner als Eltern, mit ihren ersten vier Kindern. Prägende Zeiten, die keiner der Beteiligten vergisst. Auch später sind Rosi und Reiner gerne gereist, auch oft in den Urlaub geflogen. Zudem verbrachte Rosi viel Zeit mit Reiner im eigenen Schrebergarten in Rheinhausen, in den sie viel Energie investierten.

Rosi war eine positiv umtriebige Frau. Lebenslustig. Lebensbejahend. Eine Frau, die gerne Kontakt mit Menschen hatte und diesen auch pflegte. Über Jahrzehnte war sie schwer engagiert in „ihrem" Schützenverein. Sie bereicherte einen Gesangsverein mit ihrer Stimme, pflegte Geselligkeit im „Rommé-Verein" und war als politisch interessierte Frau auch Mitglied der SPD. Nahm im Rahmen dieser Mitgliedschaft auch gerne an Ausflügen und Feiern teil. Zeitlebens behielt sie ihre Leidenschaft fürs Tanzen.

Auch Sport übte seinen Reiz aus auf Rosi. Sie war Fan der „Füchse", dem damaligen DEL-Team des Eishockey-Vereins Duisburg. Dessen Spiele, Heim- und Auswärtsspiele, besuchte sie gerne mit jeweils einem grossen Teil Ihrer Kinder und deren Familie. Rosi nahm aktiv am Leben teil.

Sie, Rosi, legte immer Wert auf ein gepflegtes Äusseres. Sie hat sich gerne fein gemacht. Eigentlich in jeder Lebenssituation. Sich äusserlich gehen zu lassen, war nicht ihr Ding. Schuhen und Pullis galt ihr besonderes Interesse.

Anfang der 2000er Jahre musste Rosi den Tod ihres Ehemannes Reiner durch eine Krebserkrankung verkraften. Ein echter Einschnitt und wirklicher Verlust.

Für sie und ihre gesamte Familie. Aber durch ihre grundsätzlich positive Grundeinstellung zum Leben, konnte Rosi nach einer Zeit der Trauer auch wieder aktiv am Leben teilnehmen. War unterwegs, nahm an geselligen Veranstaltungen teil und ging gerne tanzen. Immer nett zurecht gemacht natürlich.

Tatsächlich trat noch einmal ein neuer Mann, eine neue Liebe in ihr Leben.

Bei einer Tanzveranstaltung im „Krupp-Casino" lernte sie Kalle kennen, der seine Ehefrau ebenfalls vor einigen Jahren verloren hatte. Man war sich auf Anhieb sympathisch, traf sich öfter, verbrachte Zeit miteinander und nach einer Weile waren beide fest zusammen. Wenn auch jeder mit eigener Wohnung.

Es begann noch einmal eine richtig intensive und glückliche Zeit. Kalle war „verliebt bis in die Haarspitzen" in Rosi. Und das konnte und wollte er auch zeigen. Und auch Rosi, eigentlich immer lebensfroh, blühte noch einmal zusätzlich richtig auf.

„Rosi ist so eine liebe Frau" war oft aus Kalles Mund zu vernehmen.

Beide waren oft unterwegs zu Ausflügen, gingen Essen, Shoppen und waren viel auf Reisen. Sogar noch zwei Monate vor Rosis Abschied aus diesem Leben, auf der griechischen Insel „Kos". Rosis Kinder hatten schon manchmal Probleme, ihre Mutter zu erreichen. Aber sie gönnten es ihr von Herzen. Rosi entwickelte auch einen guten Kontakt zu den Kindern von Kalle, war hier akzeptiert. Genau wie Kalle, der als neuer Lebenspartner Rosis von deren Kindern voll akzeptiert wurde. Die beiden hatten sich offensichtlich gesucht und gefunden. Und das machte sich auch in ihrem Umfeld bemerkbar.

Rosi war zudem in der Hausgemeinschaft, in der sich ihre eigene Wohnung befand, super aufgehoben. Auch Kalle wurde sofort in diese Hausgemeinschaft integriert. Es hätte gut und gerne noch einige Jahre so weitergehen dürfen. Das erste Halbjahr des bald neuen Jahres war bei Rosi schon voll durchgeplant. Mit Reisen, Besuchen, Konzertveranstaltungen – auf ein Gospelkonzert freute sie sich besonders – und vielen anderen Dingen. Rosi stand halt noch mittendrin im Leben. Auch wenn sie sich Ende der 1970iger Jahre und in den 1980iger Jahren zwei schweren Herzoperationen unterziehen musste, gab es körperlich keine Probleme.

Rosi war gesund und nichts deutete darauf hin, dass ihr Leben auf dieser Erde so bald zu Ende gehen sollte. Den Heiligen Abend am 24. Dezember verbrachte sie mit einem grossen Teil Ihrer Familie im Hause einer ihrer Töchter. Es war gemütlich, besinnlich und lustig zugleich. Wie immer, wenn Rosi dabei war.

Sie war richtig fit. Es war eine fröhliche Runde. Man war spielfreudig, hatte viel Spaß beim gemeinsamen „TABU-Spiel" im Verlaufe des späteren Abends. Man sprach über Zukunftspläne. Später ging Rosi die relativ kurze Strecke zu ihrer eigenen Wohnung zu Fuss nach Hause, in Begleitung von Familienmitgliedern.

Sie freute sich auf ein gemeinsames Essen mit Kalle und seinen Kindern am 2. Weihnachtstag. Am 1. Weihnachtstag, den sie zusammen mit Kalle verbrachte, war ihr aber speiübel. Rosi war der Meinung, dass ihr etwas vom Essen am Abend zuvor nicht bekommen sei. Sie legte sich noch einmal schlafen. Nach dem Aufwachen äusserte sie gegenüber Karl-Heinz, dass es ihr jetzt wesentlich besser ginge. Dann verfiel Rosi aber in eine Ohnmacht, aus der sie letztlich nicht mehr erwachen sollte. Der herbeigerufene Notarzt holte sie in ihrer Bewusstlosigkeit noch einmal ins Leben zurück und sorgte für einen Transport in ein Moerser Krankenhaus. Hier wurde diagnostiziert, dass sie am Tage vorher einen Herzinfarkt erlitten hatte. Im Alter von 71 Jahren, an einem 2. Weihnachtsfeiertagtag im ersten Jahrzehnt der 2000er Jahre, am frühen Nachmittag endete ihr Leben auf dieser Erde für immer. Ein Teil ihrer Familie durfte bei ihr sein. Und bei aller Trauer und Tragik ist es schon ein besonderes Geschenk, einige der Menschen in solch einem Moment ganz nah bei sich zu haben, die einem im Leben das Liebste sind und waren.

Hans-Georg

Hans-Georg erblickte im Oktober 1928 in Essen das Licht der Welt. Ein echter Ruhrgebietsjunge. Zusammen mit einem Bruder und zwei Schwestern erlebte er hier auch seine Kinder- und Jugendjahre. Wie bei vielen Mädchen und Jungen seines Jahrgangs, waren auch bei Hans-Georg diese Jahre geprägt durch die Zeit des Nazi-Regimes in Deutschland und dann vor allem durch die Zeit des 2. Weltkrieges. Während dieser Zeit und auch danach gab es aber wohl einige Schutzengel, die auf ihn achtgaben. Einmal schlug eine Bombe an der Stelle ein, auf der sich unmittelbar vorher noch Hans-Georg befand und von der er sich nur entfernte, weil er den inneren Impuls bekam: Geh hier einfach mal weg. Oder bei einer schweren Verbrennung bei der 20 % seiner Haut zerstört wurde. Und trotzdem gesundete er von dieser Verwundung.

Der Mut zum Leben, seine positive Einstellung und vor allem der Wille jede Lebenssituation bewusst gestalten zu wollen, prägte aber nicht nur in dieser Zeit die Lebensumstände von Hans-Georg. Diese Eigenschaften begleiteten ihn die meiste Zeit seines Lebens. Hans-Georg war ein Mensch, den andere Menschen nach einer Begegnung mit ihm in der Regel oft in einem glücklicheren und zufriedeneren Zustand verliessen, als sie sich vorher befanden. Seine Gegenüber nahm er immer fair wahr und war bemüht, deren Anliegen gerecht zu werden. Im beruflichen ebenso wie im privaten.

Hans-Georg hat immer gerne gelebt. Intensiv gelebt. Für sich und für andere. Er konnte die Atmosphäre in einer Gruppe von Menschen positiv beeinflussen. Er war eine gewinnende Persönlichkeit, begab sich gerne unter Menschen. Er hatte etwas, was sich viele wünschten: Charisma und Ausstrahlung. Und er setzte diese Gaben positiv für die Gesellschaft seines Lebensumfeldes ein.

Beruflich absolvierte Hans-Georg zunächst eine Lehre als orthopädischer Schuhmacher. In diesem Beruf hat er aber nie wirklich gearbeitet. Gerade in der Zeit nach dem 2. Weltkrieg, als man dankbar für jede Art von Arbeit sein konnte, hat Hans-Georg viele Jobs angenommen. Zu schade war er sich für nichts. Es ging darum, den Lebensunterhalt zu sichern. Flexibilität war das Gebot der Stunde.

Kontinuität in seiner beruflichen Laufbahn, was die Bindung an ein Unternehmen anging, begann mit seiner Tätigkeit für die Kupferhütte in Duisburg. Hier stand er zunächst am Ofen, belegte aber nebenbei sechs Semester in Abendkursen in der Fortbildungsabteilung des Unternehmens Mannesmann, um seinen Industriemeister zu machen. Recht bald engagierte er sich dann auch ehrenamtlich in der Industriemeistervereinigung. War für diesen Verband bald als Geschäftsführer tätig, wurde dessen Vorsitzender und später dann aufgrund seiner Verdienste auch zum Ehrenvorsitzenden ernannt. Neben den üblichen berufsbedingten Belangen in dieser Industriemeistervereinigung kümmerte er sich auch darum, dass die Mitglieder sich untereinander kennenlernen und gute Beziehungen aufbauen konnten. So wurden unter anderem immer wieder Studienreisen organisiert, die die Teilnehmer durch viele bekannte europäische Großstädte führte. Zwei Jahrzehnte hat Hans-Georg für die Kupferhütte gearbeitet.

Danach wechselte er in die Versicherungsbranche, also in ein völlig anderes Metier.

Ebenfalls 20 Berufsjahre lang war er in diesem Bereich aktiv. Zunächst innerhalb der Hauptdirektion und dann 10 Jahre mit eigener Agentur. Die ehrenamtliche Tätigkeit für die Industriemeistervereinigung nahm er aber weiter wahr.

Durch seine den Menschen zugewandte Art und auch, weil er immer das Wohl seiner Kunden im Auge hatte – er wollte keinem etwas aufzwingen oder andrehen – gewann er sehr bald einen großen Kundenstamm. Menschen fassten schnell Vertrauen zu ihm. Das erkannte auch die Unternehmensleitung der Versicherungsgesellschaft, für die er sich beruflich engagierte. Sie unterstützte Hans-Georg auch dann, als bei ihm eine sehr seltene Augenkrankheit diagnostiziert wurde. Da er aus diesem Grund nicht mehr selbst Auto fahren konnte, stellte man ihm ein Fahrzeug mit Fahrer zur Verfügung. Man schätze sein Know-How und seinen Umgang mit den Kunden und wollte ihn als erfolgreichen Mitarbeiter nicht so schnell verlieren.

Der Liebe seines Lebens begegnet Hans-Georg im Jahre 1950. Bei einem seiner vielen flexiblen Jobs vor der Zeit bei der Kupferhütte und dem Versicherungsunternehmen, hatte er beruflich in Duisburg zu tun. In einem Café bediente damals eine junge Dame namens Ilse. Als Hans-Georg sie sah, war es um ihn geschehen. Für ihn war es Liebe auf den 1. Blick. Ilse benötigte noch den 2. Blick. Aber der war schnell geworfen. Am Abend besuchte man gemeinsam eine Zirkusvorstellung und das war der Beginn einer langen, einer intensiven und glücklichen Partnerschaft. Anfang der 1950er Jahre wurde in Duisburg standesamtlich und kirchlich geheiratet. Die Töchter Anne und Kerstin machten aus dem jungen Ehepaar sehr bald eine kleine Familie. Eine Familie, in der viel Bewegung war. Auch wenn Hans-Georg beruflich und ehrenamtlich stark und viel beansprucht wurde, für die Kinder hatte er immer ein offenes Ohr. Er nahm sich Zeit für ihre Belange. Zwischen Tapezierarbeiten im eigenen Haus und dem gleichzeitigen Lernen für die eigene Meisterprüfung war auch noch Zeit, den Kindern bei den Hausaufgaben zu helfen. Qualitativ gut zu helfen. Hans-Georg schaffte es scheinbar beim Jonglieren mit unterschiedlichen Lebenssituationen immer mehrere Bälle gleichzeitig in der Luft zu halten, ohne dass einer herunterfiel.

Der Bau des eigenen Hauses in Duisburg wurde in den 1950er Jahren natürlich auch noch in Angriff genommen und handwerkliche Arbeiten dort vielfach selbst ausgeführt. Wie z. B. das Tapezieren.

Mitte der 1970er Jahre wurde mit dem Eintritt in einen Duisburger Segelclub an der Sechs-Seen-Platte ein neues Kapitel aufgeschlagen. Vor allem auch im Bereich der ehrenamtlichen Aktivitäten. Natürlich hatten das Ehepaar und die Familie auch das eigene Boot am Steg und ist viel und gerne auf dem Wasser gewesen. Aber sehr bald engagierte sich Hans-Georg auch hier im Vereinsleben. Der „Shanty Chor im Segelclub" wurde von ihm mitbegründet. Für diesen Chor wurde viel organisiert. Vor allem hat er hier aber mitgesungen. Zu seinen vielen Talenten und Begabungen, war Hans-Georg auch eine gute Stimme geschenkt, die er gerne und oft erklingen ließ. In jungen Jahren wollte er sogar als Sänger beruflich aktiv werden. Dieser Plan musste aber wieder aufgegeben werden.

Das Vereinsleben seines Duisburger Segelclubs lebte in dieser Zeit sicherlich nicht unwesentlich vom Engagement eines Hans-Georg. Viele Segeltörns auf Nord- und Ostsee wurden geplant und auch durchgeführt. Seine Ehefrau Ilse unterstützte ihn nach Kräften, indem sie Listen führte, die Finanzen im Auge behielt und sich um die Verpflegungs-Logistik kümmerte. Beide brachten sich gemeinsam ein und Hans-Georg war froh, den für ihn liebsten Menschen hier an seiner Seite zu haben.

Bei allem was Hans-Georg erreicht hatte und auch fähig war, in Bewegung zu setzen, blieb er aber stets ein Mensch mit Bodenhaftung. Jemand der sich letztlich für keinen Job zu schade war. Man konnte herzlich mit ihm lachen und hielt sich gern in seiner Nähe auf. Den später mit Bedacht gewählten Spruch in seiner Traueranzeige:

„Das Schönste, was ein Mensch hinterlassen kann, ist ein Lächeln im Gesicht derjenigen, die an ihn denken!" konnten alle, die ihn kannten, unterschreiben.

Als die Goldene Hochzeit von Hans-Georg und Ilse anstand, wollte das Ehepaar viele Menschen an dem beständigen Glück teilhaben lassen und feierte gleich in drei Etappen: im eigenen Garten, in einem Restaurant und im Segelclub mit dem Shanty-Chor.

Kurz danach traten bei Hans-Georg aber dauerhafte gesundheitliche Probleme auf. Immer wieder hatte er plötzliche Anfälle, die medizinisch nicht eindeutig geklärt werden konnten. Er wurde zum Pflegefall, die Sprache versagte ihm. In dieser Zeit stand ihm Ilse besonders zur Seite und übernahm die Pflege zu Hause. Und als er in seinem Hause im Beisein von Ilse die Augen für immer schloss, war es für ihn dann auch eine Erlösung von seinen körperlichen Leiden. Es ist immer gut, am Ende seines Lebens den Menschen bei sich zu haben, von dem man geliebt wird und den man selber liebt.

Einen Tag nachdem Hans-Georg sein Leben beendet hat, brachte seine Enkeltochter Elka ihr Baby zur Welt und machte ihn posthum noch zum Uropa.

Käthi

Käthi erblickte im Mai 1923 das Licht der Welt. Ganz offiziell wurde der Name „Katharina Emma" in die Geburtsurkunde eingetragen. Bekannt und beliebt war sie aber überall als Käthi. 14 Jahre später vergrößerte sich die Familie noch einmal. Ihr Bruder Hannes kam zur Welt, fast eine Generation nach ihr. Sie hat ihn mit großgezogen.

In dem Jahr als ihr Bruder geboren wurde, also im zarten Alter von 14 Jahren, lernte Käthi bereits ihren späteren Ehemann Ewald kennen. Damals 17 Jahre jung.

Käthi und Ewald waren Nachbarskinder, wohnten Tür an Tür. Wenn man vom Kind zum Teenager heranreift, verändert sich ja der Blick auf das Leben in vielerlei Hinsicht. Ein veränderter Blick von Käthi fiel auf einmal auf Ewald, der auch bereits einen Blick riskiert hatte. Die Blicke trafen sich, man mochte sich, verliebte sich und beide fanden im jeweiligen Gegenüber die Liebe ihres Lebens.

Aus der fast Sandkastenliebe wurde eine Liebesheirat. Bedingt durch den 2. Weltkrieg in äußerlich nicht wirklich optimalen Bedingungen. In den letzten Wochen des 2. Weltkrieges, im Februar 1945, heirateten Käthi und Ewald in den Trümmern von Oestrup. Käthi im weißen Brautkleid und Ewald als schicker Marinesoldat.

Im Mai 1946 kam Tochter Ulrike zur Welt und machte aus dem jungen Ehepaar eine kleine Familie.

Neun Jahre später, im November 1955, komplettierte Tochter Ute die Familie.

In und für diese Familie hat Käthi gelebt. Sie war mit das Wichtigste in ihrem Leben. Mit Ewald, der inzwischen eine eigene Schreinerei führte, war sie in dieser Sache auf einer Linie. Die Familie stand immer obenan. Hier stimmte es. Der Familienzusammenhalt war allen wichtig, bis heute. Käthi hat in den Jahren viele Wunden ihrer Kinder geheilt und Tränen getrocknet. Hat ihren Mädchen Mut gemacht und Trost gespendet. Wenn man sie brauchte, war sie immer präsent, in ihrer Art unermüdlich.

Aber das Leben von Käthi hatte nicht nur Sonnenseiten. Ihr wurde auch immer wieder Leid zugemutet, das sie ertragen musste und dabei oft auch anderen Menschen helfen musste, deren eigenes Leid zu ertragen. Im Jahre 1975 starb ihr Schwiegersohn. Käthis Tochter Ulrike stand auf einmal mit ihrer eigenen Tochter Tabea, dem ersten Enkelkind von Käthi, alleine da. Käthi brachte alle ihre Kraft auf, um Ulrike zur Seite zu stehen und diese schwere Zeit zu überstehen.

Kaum dass diese Wunden einigermaßen verheilt waren, starb ihr jüngerer Bruder Hannes. Auch in diesem Moment und diesen Zeiten der Trauer hat sie nicht an sich gedacht, sondern ihren Eltern Trost gespendet. Sie war da, wenn man sie brauchte, hat geholfen, wo sie konnte und wenig an sich gedacht.

Mit den Jahren wurde die Familie größer. Drei Enkelkinder und sechs Urenkel gesellten sich hinzu, auf die Käthi und ihr Ewald stolz waren. Käthi war immer bereit, gewisse Wünsche Ihrer Enkelkinder zu erfüllen. Oma Käthi hat das schon gemacht. Und was nicht passte, wurde passend gemacht. Auch wenn es manchmal etwas länger gedauert hat. Aber so mancher Wunsch konnte auch sofort erfüllt werden. Dazu gehörten Wünsche kulinarischer Art. Wenn der Wunsch einer der Enkeltöchter an ihr Ohr drang: „Oma, kannst du bitte für mich eine leckere Hühnersuppe kochen, deine schmeckt einfach am besten.", dann ist Oma Käthi losgerast, hat eingekauft und die beste Hühnersuppe der Welt gekocht. Einfach legendär.

Kurz vor der Einschulung wurde mit jedem der Enkelkinder Urlaub in Büsum an der Nordsee gemacht. Die Urenkel erinnern sich auch gerne an den Griff in Uroma Käthis Schürzentasche. Denn darin befand sich immer eine süße Kleinigkeit. Käthi hat sich jedes Mal über die kleinen Kinderhände gefreut, wenn sie in die Schürzentasche griffen. Wie bei einem Füllhorn war dort immer etwas zum Naschen zu greifen. Dass an allen Schürzen von Käthi die Taschen eingerissen waren, darüber konnte sie nur lächeln. Denn so etwas kann man ja auch wieder festnähen.

Im September 2001 kam es für Käthi und ihren Ewald aber knüppeldick. Es war für sie als ob eine Welt zusammenbrechen würde, als sie erfuhren, dass ihre älteste Tochter Ulrike verstorben ist. Wieder war es Käthi, die einen klaren und ruhigen Kopf behielt und alle Lasten auf sich nahm. Sie bewältigte ihren eigenen Schmerz und wuchs über sich hinaus ohne ein Wort der Klage.

Bis auf einige übliche altersbedingte Wehwehchen ging es Käthi gesundheitlich relativ gut. Bis in ihr hohes

Alter ging sie auch immer noch regelmäßig kegeln. Auf die Treffen mit ihrem Kegelclub „Die Turtles" wollte sie nicht verzichten. Packte ihre Kegeltasche, wenn es soweit war und freute sich an der Gemeinschaft, am Kegeln und auf das leckere Essen auf der Kegelbahn.

Käthi war immer zu Scherzen aufgelegt und machte allen Blödsinn mit. In froher Runde und bei guter Laune rauchte sie zum Spaß auch mal eine Zigarette, um ihren Ewald zu ärgern oder besser zu necken. Dabei hatte sie immer ein schelmisches Grinsen im Gesicht und lachte immer, wenn er es schließlich sah.

Sie liebte ihren Ewald. Und Ewald liebte Käthi. Ein richtig langes Leben lang.

Die beiden durften noch das seltene Fest der Diamantenen Hochzeit feiern.

Über 60 Jahre währte ihre Ehe. In dieser Ehe und der Familie war sie der ruhende Pol. „Sie war einfach lieb!" – so hat es Ewald gerne in einen einfachen, aber prägnanten und aussagekräftigen Satz gebracht.

Wenn es ihr tatsächlich mal nicht gut ging, hörte man von ihr kein Jammern und Klagen. Sogar in den letzten Minuten ihres Lebens hatte sie noch einen Scherz auf den Lippen. Als sie eines Oktobertages tatsächlich auch mal zugab, dass es ihr körperlich nicht gut ging, fuhr Tochter Ute sie noch zum Hausarzt. Von dort ging es umgehend ins Krankenhaus. Zu dem Sanitäter, der ihr behilflich war und sie aus dem Krankenstuhl heben wollte, meinte sie noch: „Ist auch mal ganz nett, von so einem jungen Mann auf den Arm genommen zu werden. Und er hat anstatt einer jungen Frau jetzt eine alte Frau im Arm". Alle Beteiligten und Anwesenden lachten herzlich über diesen Scherz und Käthi genoß es. Dass es Ihr letzter Scherz sein sollte, konnte in diesem Moment niemand ahnen. Kurze Zeit danach schloss Käthi ihre liebevollen Augen für immer. Ein sogenannter Sekundentod. Gespürt hat sie nichts. Mitten aus dem Leben gerissen – im wahrsten Sinne des Wortes mit einem Scherz auf den Lippen. Nach einem erfüllten Leben und mit 84 Jahren sicherlich in einem Alter, in dem man gehen darf.

Prajit

Prajit wurde Anfang 1945 in Jullundur, in Indien, im Bundesstaat Dschalanda geboren. Als zweites Kind und ältester Sohn der Eheleute AGYA und SAVETRI. Eine ältere Schwester und drei jüngere Brüder begleiteten seine Kinder- und Jugendjahre

Da bereits sein Vater als Arzt arbeitete, war auch der Berufsweg des ältesten Sohnes schon in gewisser Weise vorbestimmt. Ursprünglich wollte er in Indien Physik studieren, entschied sich dann aber doch für die Empfehlung seines Vaters. Also für ein Medizinstudium. Sein Medizinstudium absolvierte Prajit dann in Amritsar, im Bundesstaat Pandschab. Während seines Studiums war Prajit aktiver Kricketspieler. Eine Sportart, die sich in Indien großer Beliebtheit erfreut, sehr populär ist und die Prajit auf einem hohen Level ausübte. Sport überhaupt war ihm zeitlebens wichtig. Er bewegte sich gerne: Wanderte, joggte und fuhr ausgiebig Fahrrad.

Zu Beginn der ersten Hälfte der 1970er Jahre schloss Prajit die erste berufsqualifizierende Phase seines Medizinstudiums als „Master of Surgery" – als Chirurg – in Chandigarh ab. Zu diesem Zeitpunkt plante er schon lange, Indien auf Dauer zu verlassen. Er war immer sehr westlich orientiert. Hörte in Indien eigentlich nur englische Radiosender. Amerika war sein Ziel. Prajit wollte in die USA gehen, und sich dort zum Gynäkologen weiter ausbilden lassen. Zunächst wollte er sich aber in Deutschland auf die vorgeschriebene zusätzliche Prüfung in Amerika vorbereiten. Mit 100 US-Dollar in bar und einem Koffer verliess Prajit Indien im Jahre 1975. In Hannover begann er dann seine Facharztausbildung zum Neurochirurgen. Diesem Fachgebiet blieb er dann doch auf Dauer treu.

In Hannover begegnete ihm dann am ersten Tag an seinem neuen Arbeitsplatz Susanne, die ebenfalls in diesem Krankenhaus arbeitete. Die Liebe seines Lebens und die Partnerin für sein weiteres Leben. Tatsächlich so etwas wie „Liebe auf den 1. Blick" – auf beiden Seiten. Eine Liebe, die mit dafür sorgte, dass Prajit in Deutschland ein neues Zuhause fand. Im Juni 1976 wurde Hochzeit gefeiert.

Recht bald wurde aus dem jungen glücklichen Ehepaar eine kleine glückliche Familie. Im Februar 1977 wurde Tochter Helena geboren. Kein Name, der darauf schließen lässt, dass ein Elternteil aus Indien stammt. Aber Prajit hatte ja auch nie die Absicht, noch einmal in Indien zu leben. Das wurde auch deutlich in der Namensfindung und Namensgebung für seine Kinder.

Kurze Zeit später trat Prajit eine neue Stelle an der Uni-Klinik in Würzburg an. Zog auch mit seiner Familie in diese Stadt, blieb hier aber nur ein Jahr. 1978 zog er mit seiner Frau Susanne und Tochter Helena ins Ruhrgebiet und begann an den Städtischen Kliniken Duisburg, in der Wedau zu arbeiten. Hier schloss er auch seine Facharztausbildung zum Neurochirurgen ab und war hier fortan in der Neurochirurgie tätig, in der er auch bis zuletzt beruflich aktiv blieb.

Ein langfristiges Zuhause fand Prajit für sich und seine Familie in Mülheim a. d. Ruhr, im Stadtteil Speldorf. Die Familie vergrößerte sich auch im Laufe der Jahre.

1982 wurde Tochter Daniela geboren und 1986 Tochter Carmen. Seine Familie hatte einen hohen Stellenwert für Prajit. Mit und in ihr lebte er ein eher typisch deutsches Leben. Wollte es auch so leben. Er hatte sich ja bewusst entschieden, Indien zu verlassen und in einem neuen Kulturkreis zu leben. Auf diesen ließ er sich dann auch sehr bewusst ein.

Zusammen mit seiner Ehefrau Susanne besuchte er in Abständen immer wieder mal seine Familie in Indien. Irgendwann war seine indische Familie dann der Meinung, das Prajit wohl mehr ein typischer Deutscher sei, als die meisten Deutschen. Über seine hübsche Frau, für seine Familie in Indien äußerlich typisch deutsch: blond und blauäugig, die er sich ja nun selbst gewählt hatte, waren sie sehr erfreut. Sie war von Beginn an akzeptiert. Obwohl im Kulturkreis, in dem Prajit aufgewachsen ist, Ehen meistens arrangiert werden. Und eigentlich gab es schon einen Pool von Anwärterinnen, die seine Familie im Auge hatte. Aber mit seiner eigenen Wahl waren sie nun sehr einverstanden. Waren dann im Laufe der Jahre nur etwas irritiert, dass die Kinder, die gemeinsamen Töchter von Prajit und Susanne, nicht ganz so blond und blauäugig waren, wie die Mutter. Aber die gelungene Mischung gefiel Ihnen. Genau wie Susannes Familie in Deutschland.

Susannes Familie, insbesondere die Schwiegereltern waren auch mit ein Grund dafür, dass Prajit sich entschloss, dauerhaft in Deutschland zu bleiben. Die Schwester von Susanne lebte mittlerweile in Kanada und wenn Susanne mit Prajit in die USA gegangen wäre, wären die Eltern bzw. Schwiegereltern alleine in Deutschland zurückgeblieben. Seine Schwiegereltern alleine zurücklassen, das wollte Prajit auf keinen Fall. Und das wiederum, war ein typisch indischer Zug.

In den Urlaub mit seiner eigenen Familie fuhr Prajit gerne nach Dänemark, möglichst in einsame Gebiete, wo nicht so viele andere Menschen auf einem Haufen sind. Ein Häuschen in den Dünen, das liebte er. Auf Statussymbole legte er keinen großen Wert, er war kein materiell orientierter Mensch. Bildung war ihm wichtig, Wissen. Und es war ihm wichtig, dass seine Kinder eine gute berufliche Ausbildung bekommen, sich selbst versorgen können mit ihrer Arbeit.

Familie war wichtig, wenngleich Prajit als eher introvertierter Mann nicht unbedingt gerne Familienfeiern besuchte. Dort wurde er immer auf seine Arbeit angesprochen und alle wollten ärztliche Ratschläge von ihm. Aber das Berufliche und das Private trennte Prajit sehr klar. Das waren immer zwei Welten. Wenn er auf seiner Arbeitsstelle im Krankenhaus war, war er ganz dort – sehr präsent. Und wenn er zu Hause war, war er ganz zu Hause. Beschäftigte sich hier auch mit völlig anderen Dingen. Er hatte unterschiedliche temporäre Leidenschaften. Ihn interessierte die Archäologie, das Zeitalter des römischen Weltreiches. Am Wochenende und im Urlaub ließ er keine Ausgrabungsstätte aus. Prajit beschäftigte sich mit Astronomie, schaffte sich dafür extra ein Teleskop an. Geologie interessierte ihn und für diese Disziplin wollte er sich eigentlich in seinem bald bevorstehenden Ruhestand noch immatrikulieren. Und er kochte gerne.

In allen genannten Feldern war er nicht oberflächlich dabei, sondern hat sich intensiv damit beschäftigt. Viele Bücher angeschafft und gelesen. Prajit konnte stundenlang in Buchhandlungen verbringen. Und wenn er selbst oder mit seiner Familie einen Stadtbummel unternahm, war der Besuch einer Buchhandlung ein absolutes MUss.

Mitte 2007 wurde bei Prajit eine Krebserkrankung diagnostiziert. Als Mediziner wusste er genau, was die bei ihm festgestellte Krebserkrankung bedeutet. Die Prognose in Bezug auf Heilung war eher schlecht und er selbst schätzte, dass er nur noch knapp 1 1/2 Jahre zu leben hätte. Trotzdem entschloß er sich zu kämpfen. Auch und gerade für seine Familie. Und hat bei allem natürlich doch sehr gehofft, dass es sich zum Positiven ändern würde. Dass Heilung möglich ist. Soweit möglich, nahm er weiterhin aktiv am Leben teil. Ging auch wieder an seinen Arbeitsplatz. Arbeitete jetzt in der sogenannten Altersteilzeit, nur für einige Stunden am Tag.

Aber Prajit wusste immer genau Bescheid, wie es gesundheitlich um ihn stand. Das sein Gesundheitszustand sich eher verschlechterte. Eine knappe Woche vor seinem Lebensende auf dieser Erde diagnostizierte er noch für sich selbst, dass es jetzt wohl bald zu Ende gehen würde. Im Krankenhaus, in dem er selbst so viele Jahre für die Gesundheit anderer Menschen aktiv war, war er jetzt gut aufgehoben. Kolleginnen und Kollegen sowie die Mitarbeiterinnen und Mitarbeiter schauten ständig nach ihm. Die Familie, seine Ehefrau und Kinder waren beständig bei ihm. In ihrem Beisein schloss Prajit seine Augen für immer und sein Leben auf dieser Erde endete. Ein kleines Geschenk, dass dies noch so möglich sein durfte. Die Menschen in so einem Moment an seiner Seite zu wissen, die einem im Leben das Liebste sind.

Edmund

Edmund wurde im Juni 1925 in Bromberg, dem heutigen „Büdgosch" geboren. Zu dem Zeitpunkt war die Stadt Bromberg bereits wieder innerhalb des polnischen Staatsgebietes, galt aber als eines der Zentren der deutschen Minderheit in Posen und umliegender Regionen. Edmunds Familie gehörte zu dieser deutschen Minderheit. Hier wuchs er bis zu seinem 18.Lebensjahr auf. Zusammen mit zwei Brüdern und einer Schwester. Nach dem Ende seiner Schulzeit absolvierte Edmund erfolgreich eine berufliche Ausbildung zum Maschinenschlosser.

Die Irrungen und Wirrungen des 2. Weltkrieg hatten dann auch Einfluss auf den Lebensweg Edmunds und seiner Familie. Als Soldat wurde er zur Kriegsmarine eingezogen und geriet in englische Kriegsgefangenschaft. Diese verbrachte er in Dänemark. Einer seiner Brüder ließ als Soldat auf einem U-Boot sein Leben. Die weitere Familie verließ ebenfalls die angestammte Heimat, lebte einige Jahre in Hamburg und wanderte dann im Jahre 1953 von Hamburg aus in die Vereinigten Staaten von Amerika ein, in die USA.

Edmund hielt die Liebe in Deutschland, in der Region am Niederrhein.

Wie es dazu kam? Im Jahre 1947 wurde Edmund aus der Kriegsgefangenschaft heraus dienstverpflichtet, auf der Zeche in Neukirchen-Vluyn unter Tage als Bergmann zu arbeiten. Von Bromberg, über Dänemark, nach Neukirchen-Vluyn.

Hier fand er zunächst eine Unterkunft, ein Zimmer mit Kost und Logis. Aber darüber hinaus noch wesentlich Bedeutsameres: Die Liebe seines Lebens und die Partnerin fürs Leben.

Im Nachbarhaus lebte Sieglinde, eine hübsche junge Frau. Auf der Straße begegnete man sich, fand sich spontan sehr nett, traf Verabredungen und auf der Moerser Kirmes hat es dann richtig gefunkt. Ab da war man ein Paar. Im Juli 1953, am Silberhochzeitstag von Sieglindes Eltern, besiegelten Edmund und Sieglinde ihre Liebe und heirateten. In der Dorfkirche in Neukirchen-Vluyn gaben sie sich das Ja-Wort. Edmund in einem tollen Anzug, der auch 50 Jahre später noch tadellos saß und auf der Feier der Goldenen Hochzeit getragen wurde.

Einige Zeit vor der Hochzeit erlebte Edmund im Dezember 1951 einen schweren Unfall, der ihn „Unter Tage" auf der Zeche ereilte und in dessen Folge ihm ein Bein amputiert werden musste. Eine heftige Zäsur im Leben des jungen Mannes, verbunden mit einem dauerhaften Handycap, dass ihm langfristig aber nicht die Lebensfreude und den Willen zur aktiven Lebensteilnahme nahm.

Edmund lernte mit einer Prothese zu laufen und letztlich auch zu leben. So gut, dass Menschen, die von diesem Unfall und Handycap nichts wussten, zunächst nicht bemerkten, dass Edmund sich mit Hilfe einer Beinprothese bewegte.

Er haderte auch nicht lange mit diesem Schicksalsschlag und trug den Menschen nichts nach, die für dieses Unglück eine Mitverantwortung trugen. Zeigte hier echte menschliche Größe. War bereit zu vergeben und vergab auch.

Unter Tage konnte er allerdings nicht mehr arbeiten und wechselte auf der Zeche in eine Büroposition als kaufmännischer Angestellter. Fuhr in der Zeit seines Berufslebens jeden Arbeitstag 6 Kilometer hin und zurück mit dem Fahrrad zur Zeche. Mit dem Handycap einer Beinprothese. Bis er mit 58 Jahren in den vorzeitigen Ruhestand gehen konnte. Geschenkte Jahre, die er in der Folge für sich und andere sehr positiv zu füllen wusste.

Aus dem jungen und glücklichen Ehepaar wurde durch Rosa, Tochter und einziges Kind, eine kleine, glückliche Familie. Eine Familie, die viel unterwegs war. Gerne gereist ist. Die Wochenenden wurden meist zu großen Touren mit dem Auto genutzt. Vom Norden bis zum Süden unternahm man viele Städtetouren. Hat gemeinsam viel gesehen von Deutschland. Großzügig gefüllte Proviantaschen mit den klassischen „Bütterken und hartgekochten Eiern" sorgten für die Reiseverpflegung. Auch Edmunds Schwiegereltern waren oft mit dabei. Mit ihnen lebte das Ehepaar unter einem Dach.

Edmunds Tochter Rosa kannte nur das Leben in der Großfamilie. Und sie wusste es zu schätzen. Wenn am Wochenende keine Ausflugsfahrten oder Städtetouren anstanden, war sie zusammen mit dem Vater und dem Opa am Sonntag oft zu Spaziergängen unterwegs oder man ging auf den Fußballplatz. Nach den Spielen gab es dann in der Wirtschaft ein Bierchen oder auch zwei für Vater Edmund und den Opa und – ganz wichtig: Cola und Erdnüsse für Rosa.

Edmund erlebte in seiner neuen Heimat eine richtig gute funktionierende Nachbarschaft. Eine echte „Freud- und Leidgemeinschaft". Eine Straßengemeinschaft mit offenen Häusern und offenen Gärten, von der auch noch die Enkeltöchter profitierten.

Zeit seines beruflichen Lebens war Edmund auf der Zeche in Neukirchen-Vluyn beschäftigt. Hier hat er auch viele Überstunden, ja ganze Überschichten gearbeitet, um in schwierigen Jahren die Familie zu unterstützen. Dafür zu sorgen, dass es seiner Frau und seiner Tochter gut ging und auch den Schwiegereltern, die mit im Haus lebten, das mittlerweile als Eigentum von der Zeche erworben worden war. Als die Schwiegereltern im Alter gepflegt werden mußten, nahmen sich Edmund und seine Familie während dieser Zeit auch in ihrer Reiselust stark zurück. Es war einfach ein Wesenszug Edmunds, Teil seiner Persönlichkeit, als Priorität immer das Wohl der Mitmenschen im Blick zu haben. Sich selbst zurück zu nehmen. Offensichtlich war es auch keine Last für ihn, so zu handeln. So war das einfach. Edmund konnte das.

Aber er konnte genauso gut die schönen Dinge des Lebens genießen, die Möglichkeiten, die ihm das Leben bot. Zu seiner Ursprungsfamilie, die ja seit Beginn der 1950er Jahre in den USA, in Miami und St. Louis lebten, hat er sein Leben lang den Kontakt gehalten. Man hat sich gegenseitig besucht. Sehr früh war das seinen Geschwistern möglich, von denen jemand Arbeit bei der Fluggesellschaft PanAm fand und so über entsprechende Freiflugtickets verfügte. Tochter Rosa bekam dann auch schon mal Wochenendbesuch von ihren Cousinen aus den USA.

Später als Tochter Rosa selbst verheiratet war, ging es dann mit der Großfamilie, ihrem Ehemann, den beiden Töchtern und natürlich ihren Eltern Edmund und Sieglinde des Öfteren auf große Wohnmobiltour kreuz und quer durch die USA. Tausende von Meilen ist man zusammen abgefahren. Hat sich auch immer wieder mit den Familien der Geschwister von Edmund getroffen. Aber auch Frankreich war immer wieder beliebtes Reiseziel für gemeinsame Touren.

Mit seinem Bruder Karl aus Miami wandelte Edmund in späteren Jahren gemeinsam auch auf den Spuren ihrer Kindheit. Sie bereisten Polen, besuchten Bromberg.

Die Straße, das Haus, in dem man gemeinsam groß wurde. Reflektierten zusammen die gemeinsame Geschichte.

Als Edmund Tochter Rosa selbst flügge wurde, ihren späteren Ehemann Rolf kennenlernte, der damals in Bayern arbeitete und lebte, wurde Rolf mit großer Herzlichkeit in Edmunds Familie aufgenommen. Und für die Wochenendrückfahrten mit der Bahn immer mit großzügigsten Butterbrotpaketen versorgt.

Rosa und Rolf heirateten. Und als sie zunächst mit Lena und später mit Ruth selbst Eltern wurden, wurde aus Edmund ein „Opa aus Leidenschaft“. Seit Mitte der 1980er Jahre und die 1990er Jahre hindurch half er seiner Tochter und seinem Schwiegersohn, mit kräftiger Unterstützung seiner Ehefrau Sieglinde, die Enkelkinder mit aufzuziehen. Präsent zu sein, wenn den Eltern das aus beruflichen Gründen nicht möglich war. Schob sie, die Enkelkinder, stundenlang im Kinderwagen durch Neukirchen-Vluyn, bis sich sein lädiertes Bein in der Prothese wundgescheuert hat. Vertrat dabei während der Spaziergänge um Ostern herum auch gerne den Osterhasen, was bei Lena und Ruth seinerzeit immer für großes Erstaunen sorgte. Beim Federballspiel simulierte Edmund zusammen mit den beiden Enkeltöchtern die damals angesagten Tennismatche von Steffi Graf und mit Luftballons wurde sich im Volleyball geübt. Die Enkeltöchter haben ihn jung gehalten. In sie hat er viel Liebe investiert.

Die Familien lebten nicht weit auseinander. Zwar nicht vis a vis, aber quasi nur durch eine Straßenecke getrennt. So konnte man sich gegenseitig unterstützen, hatte aber auch das notwendige Rückzugsareal. Aber meistens war man doch gerne zusammen. Edmund und Schwiegersohn Rolf haben am selben Tag Geburtstag und diesen auch immer wieder mal gerne gemeinsam gefeiert. Sylvester wurden die Raketen mit den Namen von Lena und Ruth versehen, mit denen im Garten von Edmunds Tochter um Mitternacht in Richtung des Gartens von Edmund und seiner Sieglinde das neue Jahr begrüßt wurde. Wenn sich am nächsten Tag leere Raketenhülsen mit den Namen der Enkeltöchter fanden, gab's vom Opa Edmund

5 DM pro Rakete.

Die Jahre als Rentner waren noch einmal erfüllte und glückliche Jahre für Edmund.

Immer an seiner Seite in dieser Zeit natürlich seine geliebte Sieglinde.

2003 durften Sie gemeinsam ihre Goldene Hochzeit feiern, dass 50jährige Ehejubiläum. Eine Feier, die beide sehr genossen haben, Edmund sogar in seinem 50 Jahre alten, tadellos sitzenden Hochzeitsanzug. Insgesamt waren beiden über 55 gemeinsame Jahre als Ehepaar vergönnt. Eine Partnerschaft, die in all den Jahren immer intensiver und fester wurde, die immer mehr gewachsen ist. Für beide war es ein echtes Geschenk, das in dieser Intensität erleben zu dürfen.

Sieglinde und Edmund mochten beide klassische Musik und waren große Fans von

André Rieu und seinem Orchester. Zum letzten gemeinsamen Weihnachtsfest bekamen sie von ihren Kindern Eintrittskarten für ein Konzert mit André Rieu in der Arena in Oberhausen geschenkt. Am 29. Januar des nächsten Jahres war es so weit. Ganz vorne in der Reihe, nur wenige Meter vom verehrten Musiker entfernt. Zum Abschluss spielte dieser „Adieu, mein kleiner Gardeoffizier". Edmund ging begeistert mit. Winkte sehr intensiv im Takt. Im Nachhinein war sich die Familie fast sicher, dass er es auch in dem Bewusstsein seines für ihn eventuell fühlbaren und nahenden Abschiedes tat. Dass er auf dieses Konzert hin Kräfte mobilisierte. Denn dieses Konzert wollte er auf jeden Fall noch zusammen mit seiner Sieglinde erleben.

Gesundheitlich hatte Edmund, neben dem Verlust eines seiner Beine, vor Jahrzehnten eine schwere Operation zu überstehen, bei der auch Blut ausgetauscht wurde. Dabei zog er sich eine nicht erkannte und somit verschleppte Hepatitis B – Erkrankung zu, die aber nicht zum Ausbruch kam. 43 Jahre lang nicht.

Folge so einer Erkrankung, auch wenn sie nicht zum Ausbruch kommt, kann eine Leberzirrhose sein, die dann wiederum zu einer Krebserkrankung führen kann.

Edmund fühlte eigentlich seit dem Nikolaustag vor dem Rieu-Konzert, dass in seinem Körper irgendetwas nicht zu stimmen schien. Nach dem Andrè Rieu – Konzert suchte Edmund seinen Arzt auf, der tatsächlich eine Krebserkrankung diagnostizierte. Viel Zeit sollte Edmund nun nicht mehr bleiben. Die letzten zwei Wochen verbrachte er in einem Krankenhaus in Moers. Die ganze Zeit bei vollem Bewusstsein und klarem Verstand. Die Familie konnte so langsam und bewusst Abschied nehmen. Edmund selbst machte ihnen immer wieder Mut und war auch immer mal wieder zu einem Scherz aufgelegt. Seiner Sieglinde hat er versprochen auf sie in der Ewigkeit zu warten und ein Plätzchen freizuhalten. An einem Abend im März 2009 wurde es mehr und mehr erkennbar, dass Edmund bald gehen würde. Als die Familie am nächsten Morgen das Zimmer von Edmund betrat, tat er in diesem Moment seinen letzten Atemzug auf dieser Erde. Mit entspanntem und friedlichen Blick Richtung Fenster, in die Natur, in den Himmel. Er schien nur noch auf seine Lieben gewartet zu haben.

Es war atmosphärisch irgendwie richtig spürbar wie seine Seele den Körper verlässt und in eine andere Wirklichkeit gleitet. In der Traueranzeige hat die Familie ihr Empfinden mit folgenden Worten sehr bildlich zum Ausdruck gebracht:

„Und meine Seele spannte weit ihre Flügel aus, flog durch die stillen Lande // als flöge sie nach Haus ...“

Im Beisein seiner Ehefrau Sieglinde und eines Teils

seiner Familie schloss Edmund seine Augen für immer und sein Leben auf dieser Erde endete.

Edsche

Für seine Ehefrau war er meistens Eduard, manchmal „Edsche". „Edsche", so war er bei seinen Geschwistern, den Schwägerinnen und Schwagern und vielen Freunden und Nachbarn bekannt. Im Kollegenkreis bei den HEW, den Hamburgischen Elektrizitätswerken, war er als „Edu" bekannt. Für seine Söhne war er in jungen Jahren der „Papa" und in den letzten Jahrzehnten einfach „Vaddern". So haben ihn auch meist die Schwiegertöchter genannt. Für die Enkelkinder war er „Opa Eduard" oder ganz klassisch der „Opa". Alles Namen, die zu Eduard gehörten und gehören.

Geboren wurde Edsche als Eduard im November 1937 als Sohn und drittes von insgesamt sechs Kindern seiner Eltern. In Kurasch, Wolynien, einem früheren deutschen Siedlungsgebiet, in dem die russische Zarin Katharina die Große viele Generationen vorher Deutsche angesiedelt hatte. Heute gehört es zur Ukraine.

Die große Geschwisterschar – Adeline, Lina, Willi, Rosi, Helmut – ließen seine Kinder- und Jugendjahre nicht langweilig werden. Aber es waren keine einfachen Kinderjahre für Edsche. Die Irrungen und Wirrungen des Naziregimes in Deutschland und der daraus resultierende 2. Weltkrieg hatten großen Einfluss auf sein junges Leben. Im Jahre 1939, noch vor Ausbruch des 2. Weltkrieges, sollte die Familie zusammen mit vielen anderen sogenannten „Volksdeutschen", „Heim ins Reich" geholt werden. So wurde diese Aktion damals genannt. Im Wartegau, das in den Grenzen des heutigen Polen liegt, befand sich bis zum Kriegsende und der damit verbundenen Vertreibung der Deutschen aus diesem Gebiet, das vorläufige neue Zuhause von Edsches Familie. Eine Zwischenstation, wie die Geschichte zeigen sollte. Diese Zeit und die Zeit der Flucht hat Edsche sehr bewusst erlebt. Über die Erlebnisse während dieser Zeit hat er kaum gesprochen. Lange Zeit war ein Deckel auf diesem Zeitfass, den er nur selten und erst zum Ende seines Lebens ein klein wenig mehr geöffnet hat. Zuletzt hat er der Familie seines ältesten Sohnes unter Tränen von einigen Erlebnissen aus dieser Zeit berichtet. Unter anderem musste er bei einem dort ortsansässigen Bauern Kühe hüten. Dieser wollte ihn dann nicht mehr ziehen lassen, ihn quasi zwangsadoptieren. Wäre Edsches Mutter nicht so couragiert gewesen und hätte ihn kurz vor Start des Flüchtlingstrecks einfach von der Weide geholt, er wäre wohl dort geblieben. Sein Vater wurde vor seinen Augen in die Gefangenschaft geführt. Der Flüchtlingstreck wurde überfallen und ausgeraubt, von nachrückenden Soldaten und von Panzern drangsaliert. Aber alle aus der Familie überlebten.

1946 kam Edsche mit seiner Mutter und den fünf Geschwistern in Großhansdorf an, im Kreis Stormarn in Schleswig-Holstein. Eine Wohngemeinde am Rande von Hamburg, die bis 1937 auch zu Hamburg gehörte. Hier fand er im Ortsteil Schmalenbeck ein neues Zuhause und vor allem eine echte Heimat. Hier fühlte er sich wohl. Anfangs lebte Edsche mit seiner Familie in sogenannten Baracken am Sportplatz des Ortes, behelfsmäßigen Flüchtlingsunterkünften.

1949 kam auch sein Vater aus der Gefangenschaft. Anfang der 1950er Jahre baute die Familie das Haus in der Ostlandstraße in Schmalenbeck. Es sollte Zeit seines weiteren Lebens das Zuhause von Edsche und dann später auch seiner eigenen, von ihm gegründeten Familie sein. Den Originalzustand kann man allerdings heute nur noch erahnen. Wer Edsches handwerkliche Leidenschaft und vor allem Kunst kennt und kannte, den wundert das nicht und der hat auch eine Vorstellung davon, wie schön es geworden ist. Einschließlich des Gartens.

Nach Abschluss seiner Schulzeit absolvierte Edsche eine Berufsausbildung zum Klempner und sattelte später noch eine Ausbildung zum Isolierklempner drauf.

Beide Ausbildungen schloß er erfolgreich mit dem Gesellenbrief ab. Er war gut in seinem Metier, Handwerk hatte goldenen Boden und so konnte sich Eduard seine Arbeitgeber aussuchen. Was er auch tat. Er war für verschiedene Firmen und Unternehmen aktiv, bevor er Anfang der 1960er Jahre bei den HEW, den Hamburgischen Electricitätswerken anfing. Beruflich sicherlich eine seiner besten Entscheidungen. Diesem Unternehmen hielt er dann Zeit seines weiteren Berufslebens die Treue. 35 Jahre lang. Bei den HEW fing er als Kabelmonteur an, nutzte diverse Fortbildungsmöglichkeiten, unter anderem zum 10 KV – Monteur, also Starkstrommonteur, um schließlich seit Beginn der 1980er Jahre als technischer Angestellter vom Büro aus die Arbeiten und Gewerke auf den einzelnen Baustellen der HEW vorzubereiten und zu koordinieren. Bereits 1995, mit gerade 58 Jahren, konnte er von hier aus in den sogenannten Vorruhestand gehen. Geschenkte Jahre, die Edsche wohl und gut zu füllen wusste. Zu vielen Kollegen bei den HEW hatte er einen guten Draht, der bis in die Rentenjahre gehalten hat. Freundschaften sind entstanden. Als Rentnerclique traf man sich auch weiterhin zu regelmäßigen Frühstücksrunden, lud sich und die Ehepartner gegenseitig nach Hause ein.

Ein weiterer wichtiger und vor allem existenzieller Bereich im Leben und der Persönlichkeit von Edsche war sein Glaube an Gott. An den Schöpfergott, der sich in seinem Sohn Jesus Christus offenbart hat und dadurch eine Perspektive für die Zeit, aber auch für die Ewigkeit gibt. Edsche war entschiedener Christ. Er traf in seinem Leben eine bewusste Entscheidung, sein Leben diesem Jesus anzuvertrauen. Ließ sich auch bewusst erst nach dieser Entscheidung taufen. Ein kirchengemeindliches Zuhause fand er und später auch seine Ehefrau Gerda, in der evangelischen Freikirche der Gemeinde Gottes in Hamburg, in der Torstraße im Stadtteil Stellingen.

Hier brachte er sich zu unterschiedlichen Zeiten, unterschiedlich intensiv und engagiert ein. Vordergründig fällt vielen, die ihn hier kannten, bezüglich seiner Gemeindeaktivitäten sicherlich seine handwerkliche Begabung und sein kreativer Geist ein, mit dem er noch lange an sich erinnern wird, was einige äußere Erscheinungsformen im und am Kirchengebäude betrifft, sowie dessen Innenleben. Hier wurde viel Zeit und Energie investiert. Auch in Nachbargemeinden. So hat er in Bad Segeberg seinerzeit ein Jahr lang jeden

Sonnabend damit verbracht, das damalige Jugend- und Freizeitheim der dortigen evangelischen Freikirche der Gemeinde Gottes mit aufzubauen.

Darüber hinaus hat Edsche sich kirchengemeindlich aber auch inhaltlich eingebracht. Über zwei Legislaturperioden, also über 10 Jahre, war er im sogenannten Gemeinderat aktiv, vergleichbar mit dem Presbyterium in der Evangelischen Landeskirche. Edsche war hier sicherlich nicht der intellektuelle Vorreiter, aber er war loyal, hatte einen Blick für Notwendigkeiten und vor allem für die Menschen, für die man in so einer Position Verantwortung trägt. Er hatte eine Meinung. Manchmal tat er sie kund, manchmal nicht. Und er wollte, da man sich in der Gemeinde in der Torstraße, im Hamburger Stadtteil Stellingen wohl fühlt, dass Menschen aller Generationen hier ein geistliches Zuhause finden. Er selber, zusammen mit seiner Ehefrau, fühlte sich die letzten Jahre in einem Hauskreis dieser Gemeinde, der sich in Reinbek traf, sehr wohl. Über viele Jahre war Edsche auch gerne mit den Wanderfreunden aus der Gemeinde einmal im Jahr für eine Woche irgendwo in deutschen Landen unterwegs.

Edsche war aber auch vor allem ein Familienmensch. Das Wohlergehen seiner Familie lag ihm mehr als am Herzen. Mit Gerda begegnete Edsche im Jahre 1956 die Liebe seines Lebens und die Frau fürs Leben. In Wentorf, einem Hamburger Auffanglager für Flüchtlinge. Edsche besuchte dort seine Cousinen und Cousins, die auch gerade im Westen angekommen waren. Gerda war aus der Region um Schwerin in Mecklenburg, aus der damaligen DDR, geflüchtet und fand hier im Lager ihre Eltern und einen Teil ihrer Geschwister wieder. Hier im Lager hatte sie auch Kontakt zu Edsches Verwandtschaft bekommen und bei einem seiner Besuche dort war auch Gerda zugegen. Ob es die viel gerühmte und dann in der Realität doch eher selten erlebte „Liebe auf den 1. Blick war", darüber haben seine Kinder in all den Jahren eigentlich keine wirklich zuverlässige Auskunft bekommen. Auf jeden Fall war viel Sympathie im Spiel. Edsche ist sie auf jeden Fall sofort aufgefallen. Die hübsche Gerda. Man neckte sich. Das ist überliefert. Und was sich neckt, das liebt sich ja bekanntlich. Die Liebe und gemeinsame Geschichte von Edsche und Gerda nahm ihren Lauf. Die beiden wurden ein Paar. Am 7.August 1959 wurde in Hamburg Hochzeit gefeiert, in der Kirche der Evangelischen Freikirche in der Torstraße.

Eine Liebe, eine Partnerschaft, eine Ehe, die über 50 Jahre Bestand haben sollte.

Mit Höhen und Tiefen. Wie das so ist in so einem langen gemeinsamen Leben.

Ein Zuhause fanden Edsche und seine Gerda von Anfang an in dem Haus in der Ostlandstraße, im Großhansdorfer Ortsteil Schmalenbeck. Zunächst in einer kleinen Dachwohnung. Denn ein Teil von Edsches Herkunftsfamilie lebte hier damals auch noch.

Recht bald wurde aus dem glücklichen Ehepaar eine kleine glückliche Familie. Sohn Thomas wurde im November 1960 geboren, zwei Tage nach Edsches Geburtstag. Im Mai 1962 kam Sohn Holger zur Welt. Ihm war nur eine sehr kurze Lebensspanne von sechs Monaten vergönnt. Eine schwere Verlusterfahrung für die jungen Eltern, für Gerda als Mutter, für Edsche als Vater, ihr gerade geborenes Kind so früh vor sich und von sich gehen sehen zu müssen.

Aber im Oktober 1963 schließlich wurde Andreas geboren und 1966 erblickte Torsten das Licht der Welt. Nun war die Familie komplett. Eine Familie, an deren Wohlergehen Edsche gelegen war. Der er einiges bieten wollte. Dafür setzte er seine Schaffenskraft und vor allem handwerkliches Geschick ein, nicht nur bei den HEW. So mancher Haushalt und manches Haus im Großraum Hamburg profitiert bis heute davon. Selbst in Duisburg. Vieles wird noch lange an ihn erinnern.

Lilian und Franz, direkte Nachbarn und gute Freunde von Edsche und Gerda, brachten es einmal so auf den Punkt: „Bei uns galt der geflügelte Spruch, wenn irgendetwas unklar war: Edsche fragen". Meist kannte Edsche die Antwort und konnte Lösungen aufzeigen.

Allerdings war es im handwerklichen Bereich auch nicht immer leicht, mit Edsche zusammenzuarbeiten. Gut war ihm meist nicht gut genug und wenn etwas nicht 100%ig passte, hat er auch gerne noch einmal von vorne angefangen. Oft war es am besten, ihn einfach machen zu lassen und sich auf Handlangerdienste zu beschränken. Das Ergebnis sprach dann für sich. Die liebste Baustelle war ihm aber das eigene Haus. 1961 wurde das erste Mal an- und umgebaut. Ein Hobby, dem er in Intervallen lange gefrönt hat. Gerne war er auch im Garten aktiv. Das war Lust und Last zugleich. Wohl aber mehr Lust.

Edsche konnte dann aber auch gut die vielen Früchte seiner Arbeit genießen. Er war kein Asket. Und wenn es etwas zu feiern gab, wurde auch gefeiert. In der Kirchengemeinde, in und mit der Nachbarschaft und vor allem in und mit der Familie. Legendär sind viele Familienfeiern, die auch die Enkelkinder von Anfang an zu schätzen wussten. Sowohl die großen Feiern, zu denen Edsche und Gerda gerne in ihren Garten und auch auf die Terrasse in Schmalenbeck einluden, als auch die kleineren, im Rahmen seiner Kernfamilie. Also die mit den Familien seiner Söhne. Edsche ließ Menschen gerne an seinem Glück und an schönen Dingen teilhaben. Wenn Edsche und Gerda aus ihrem geliebten Feriendomizil in Südtirol zurückkamen, wurden kleine Köstlichkeiten mitgebracht und die Söhne, Schwiegertöchter und Enkelkinder zum Südtiroler Abend eingeladen. Bei gutem Essen und gutem Rotwein.

Legendär natürlich auch das in Jahrzehnten zur Familientradition gereifte jährliche Bratkartoffelessen im Braaker Krug, der auch heute noch genauso eingerichtet ist wie zu Beginn dieses speziellen Familientreffens oder die regelmäßige Familientreffen zur Winterzeit im Harz, das sich aus einigen Vater-Söhne-Wochenenden entwickelte.

Edsche war großzügig, konnte gönnen und sich freuen, wenn es anderen gut ging.

Auch wenn Geschmäcker verschieden sind. Dabei kam auch sein feiner, oft trockener Humor zum Tragen. Einer seiner Sprüche war:

„Alles Geschmackssache – sprach der Affe und biss in die Seife."

Aber Edsche war kein Mann der großen Worte. Und er konnte auch nicht immer das zum Ausdruck bringen, was er in bestimmten Situationen eigentlich sagen wollte. Auch seinen Kindern gegenüber nicht. Obwohl er eine Meinung und Überzeugung hatte. Er war nicht so der Kuschelbär. Aber wenn es darum ging, dass seine Kinder Hilfe und Unterstützung brauchten, auch wenn sie sich manchmal selbst in schwierige Situationen gebracht hatten, war er da. Edsche fand nicht alle Wendungen der Lebenswege seiner Kinder gut und konnte nicht alles nachvollziehen, aber er ließ sie eigene Erfahrungen machen und wenn sein Rat gefragt war, gab er ihn. Und noch mehr folgte oft die Tat. Und er freute sich, wenn sich Dinge dann doch fügten und die Söhne ihren Weg machten. Von ihm haben sie auch gelernt, nicht alles so hinzunehmen, wie man es serviert bekommt. Vor allem keine Ungerechtigkeiten. Auch mal an einer Sache dranzubleiben. Edsche war ausgestattet mit einem feinen Gerechtigkeitsempfinden. Setzte sich auch immer wieder für Benachteiligte ein. War beispielsweise für seine Schwester Lina, die an Kinderlähmung erkrankte und von frühester Jugend an gehbehindert war, zuletzt derjenige, der sich um viele Dinge für sie kümmerte. Ließ sich für sie zum ehrenamtlichen rechtlichen Betreuer bestellen.

Edsche konnte integrieren. Zuallererst in die eigene Familie. Die Freundinnen und späteren Ehefrauen seiner Söhne mussten nicht um seine Anerkennung buhlen. Sie waren da, willkommen und akzeptiert. Und als sich nach und nach die Enkelkinder einstellten, war er auch stolzer Opa, der Carolin und Nils, Ronja und Lennart sowie Nele und Nici gerne um sich hatte und ihre Entwicklung bis zuletzt interessiert und wohlwollend begleitete.

Edsche ist, zunächst mit Gerda, dann mit seiner Familie und später wieder zu zweit mit seiner Gerda, auch viel gereist. Gerne in die Berge, Anfangs, schon Mitte der 1960er Jahre nach Ebbs in Tirol und später in den letzten Jahren, in das Dorf Tirol, nach Südtirol. Ein echtes Refugium. Zwischenzeitlich waren auch mal der bayrische Wald oder Berchtesgaden dran, später der Schwarzwald. Die Ostsee hatte man ja sowieso fast vor der Haustür. Aber die Berge waren sein Ding. Irgendwann kamen Edsche und seine Gerda in Kontakt mit der Großhansdorfer Sektion der Schleswig-Holsteinischen Universitätsgesellschaft und nahmen hier mit, was an Studienreisen in Europa angeboten wurde. Über Verwandte von Edsche aus Paderborn gab es Kontakt zu einer dortigen Kirchengemeinde, mit der auch so einige Freizeiten verbracht wurden. In den Jahren vor der Wende ging es auch oft nach Mecklenburg, damals die DDR, Gerdas Heimat. Die wollte Eduard kennenlernen. Und nach dem Fall der Mauer wurden alle neuen Bundesländer bereist.

Und last but not least natürlich die Urlaube in den USA, vorwiegend in Kalifornien.

Edsches Schwester Adeline ist 1953 zunächst nach Kanada ausgewandert und hat dort fast zeitgleich wie Eduard und Gerda, mit einem Unterschied von zwei Wochen, 1959 ihren ebenfalls deutschstämmigen Ehemann Klaus geheiratet. Später sind Adeline und Klaus dann weiter in die USA nach Kalifornien gezogen. Der Kontakt zwischen den Familien von Edsche und seiner Schwester blieb am intensivsten erhalten. Seit Beginn der 1970er Jahre besuchten sich beide Familien, später die Ehepaare, regelmäßig. Anlässlich der Silberhochzeit beider Paare flogen Edsche und seine Gerda nach Kalifornien. Zusammen waren die Ehepaare etwas später auch auf Hawaii. Haben die halbe USA von Ost nach West durchquert.

Edsches ältester Sohn lebte für eine Weile in Kalifornien in der Familie seiner Schwester. Und bis heute sehen sich die Cousins und Cousinen mit ihren Familien in Abständen immer wieder. Entweder in Deutschland, den USA oder in England. Auch so eine Frucht aus dem Dranbleiben von Eduard.

Ein absolutes Highlight in diesem Zusammenhang war daher sicherlich die Goldene Hochzeit, die beide Paare zusammen als internationale Doppel-Goldhochzeit im August 2009 in Deutschland, in Ahrensburg gefeiert haben. Begonnen wurde mit einem Gottesdienst in der Schlosskirche. Alle Kinder, Partnerinnen und Partner sowie Kindeskinder waren dabei und viele weitere Familienmitglieder und Freunde. Ein besonderes „Once-In-A-Lifetime" Erlebnis, das allen, die daran beteiligt waren, in einmaliger Erinnerung bleibt. Und das war Edsches Idee.

Als diese Idee umgesetzt wurde, da war die Krankheit, die sich Edsches bemächtigt hatte, bereits seit einigen Monaten akut ausgebrochen. Aber durch Behandlung war sie noch gut unter Kontrolle. So gut, dass Edsche, zusammen mit seiner Gerda und zusammen mit Adi und Klaus, diese Feier richtig genießen konnte. Es war sein großes Ziel, dies noch auf dieser Erde zu erleben. Es war ihm vergönnt.

Edsche führte mit seiner Gerda eine gute Ehe, die durchaus auch ihre Höhen und Tiefen hatte. In der es auch eine gesunde Streitkultur gab. Die aber vor allem geprägt war von tiefer Liebe und Zuneigung. Für ihn, für Edsche, war Gerda auch oft seine „Frau Apfelstein". Ein Kosename, dessen Bedeutung den Kindern nie erklärt wurde. Musste ja auch nicht. Auch Eltern brauchen ihre Geheimnisse. Jeder von beiden hatte auch seine eigenen Bekannten- und Aktionskreise, aber das Gros ihrer Aktivitäten erlebten sie doch gemeinsam. Edsche und Gerda traten in der Regel gemeinsam auf, als Paar.

Edsche war in seinen letzten Jahren nicht mehr wirklich gesund. Seine Nerven in den Beinen machten Probleme. Das Laufen und gehen wurde zusehends problematischer. Aber mit orthopädischen Hilfsmitteln und einer wirklich beispielhaften Disziplin, blieb er bis fast zuletzt in Bewegung. Konnte auch noch an Wanderungen teilnehmen. Auch beschäftigte er sich mehr und mehr mit gesunder Lebensführung und bewusster Ernährung. Dr. Rath und seine Vitaminpräparate traten auf den Plan und sorgten sicherlich mit dafür, dass es trotz sich andeutender und zunehmender gesundheitlicher Probleme, lange Zeit normal weiterlaufen konnte.

Seit 2001 kamen hämatologische Auffälligkeiten dazu. Sprich die Werte der roten und weißen Blutkörperchen waren grenzwertig. Immer nur knapp im grünen Bereich. Aber immerhin noch im grünen Bereich. Davon hat er seinen Kindern aber erst spät erzählt. Wollte sie nicht belasten. Keine Leukämie, sondern ein sogenanntes Myelodysplastisches Syndrom. Ausgelöst wohl durch Betriebsstoffe, mit denen er in den Anfangsjahren bei den HEW gearbeitet hat. Schadstoffe, die sich im Körper ablagern, irgendwann einen schleichenden Prozess in Gang setzen. Lange Zeit wurde er in dieser Phase leider auch nicht optimal medizinisch begleitet.

Seit Anfang 2009 war Edsche transfusionsbedürftig und bekam in regelmässigen Abständen Blutkonserven. Damit konnte er eine Zeit gut leben. Auch bei guter Lebensqualität. Edsche ließ sich auch nicht hängen. Er hatte stets den Willen, das Beste aus seiner Situation zu machen.

Über Umwege erfuhr sein ältester Sohn, der mittlerweile in Duisburg lebte, von einem Spezialisten im Johanniter Krankenhaus in Duisburg-Rheinhausen, der besondere Therapien anwandte. Im November 2009 wurde Edsche bei Prof. Dr. Hennemann in Rheinhausen empfangen. Einige Wochen wurde er hier betreut, fühlte sich gut aufgehoben und ernst genommen mit seiner Krankheit. Sein Allgemeinzustand änderte sich mit einer neuen Behandlungsmethode beträchtlich zum Positiven. Hier in Rheinhausen bekam Edsche den entscheidenden Tipp, sich an das Team von Prof. Dr. Schmitz in der Hämatologischen Tagesklinik und Abteilung des St. Georg – Krankenhauses in Hamburg zu wenden. Hoffnung keimte noch einmal auf. Auch hier war er in guten und verantwortlichen Händen. Neue Therapien wurden angewendet, die zunächst Aussicht auf Erfolg verhießen. Eine wirkliche Zeit des emotionalen, aber auch körperlichen Auf und Ab. Zuletzt ging Edsche auch das Wagnis einer Stammzellentransplantation ein, die gut anschlug. Er war auch wieder zuhause. Sein Körper schien durch die alternativen

Medizinpräparate gut vorbereitet zu sein. Dann aber setzte sich sein Körper doch zur Wehr, Abstossreaktionen traten auf. Genau an seinem 73.Geburtstag musste er wieder ins Krankenhaus, fiel für viele Wochen in ein Koma.

Nach seinem Erwachen kurz vor Weihnachten keimte vor allem für die Familie doch noch einmal Hoffnung auf, dass ihm zumindest noch eine gute, wenn auch begrenzte Zeitspanne zusammen mit seiner Gerda geschenkt wird, die täglich im Krankenhaus bei ihm war.

Dass diese Zeitspanne so kurz sein sollte, hat seine Gerda und die Söhne mit ihren Familien dann doch überrascht. Auch wenn sie um die Schwere der Krankheit wussten und in den letzten zwei Wochen deutlich wurde, dass er wohl gepflegt werden müsse. Was Edsche nie wollte. Ein schwerer Pflegefall sein. Am Abend des 7. Februar 2011 ist Edsche im Beisein von seiner Ehefrau Gerda, seinen beiden jüngsten Söhnen und einem Teil seiner weiteren Familie friedlich eingeschlafen. Es schien so, als ob er nur noch auf das Eintreffen zumindest eines Teils seiner Familie gewartet hatte.

Und so endete an diesem 7.Februar 2011 das Leben von Edsche auf dieser Erde. Zuletzt war es, was seine körperliche Situation betraf, durchaus eine Erlösung. Und bei allem auch ein kleines Geschenk und eine echte Gnade, die nicht jedem vergönnt ist, bis zuletzt nicht alleine sein zu müssen, sondern immer wieder diejenigen um sich zu wissen, die einem im Leben das Liebste sind: seine Gerda, die Ehefrau und immer wieder die Familie.

* Anmerkung des Autors dieses Buches:

Edsche – Eduard Klappstein – war mein Vater. „Vaddern". Daher sei mir die Ausführlichkeit, mit der dieses Leben betrachtet wurde, gestattet. Und auch diese persönlichen Anmerkungen:

Edsche ist sicherlich nach einem erfüllten Leben gegangen. Mit 73 Jahren ist man auch nach heutigen Maßstäben schon alt, zumindest älter, auch wenn man im Geiste noch jung ist. Aber er war nicht lebenssatt, wie man oft sagt. Er hätte gerne noch gelebt. Gerade im letzten Jahr seines Lebens auf dieser Erde hat er mit mir auch einige Male über den Tod und die Ewigkeit gesprochen. Er war bereit zu gehen, das hat er immer wieder geäußert. Weil er auch wusste, wohin er geht. Dass es weitergeht in der Ewigkeit. Damit hielt er nicht hinterm Berg. Auch nicht im Krankenhaus, wo er dem medizinischen Personal immer wieder sagte, dass er sich mit seiner Situation bei Gott geborgen fühlt und dass er auch für sie betet. Er hat seine Krankheit durchaus als Herausforderung angenommen. Er war nicht glücklich darüber, hat auch immer wieder mal gehadert, ist aber daran nicht zerbrochen. Und er hat die Zeit, die ihm gerade 2010 noch zur Verfügung stand, wirklich genutzt um sein Haus zu bestellen. Für seine Gerda, noch einiges zu regeln. Edsche hätte sich noch eine Zeit mit Gerda gewünscht, hätte gerne noch ein wenig den Lebensweg seiner Enkelkinder hier auf der Erde begleitet und beobachtet. Das ist nun anders gekommen, wie erhofft und erbeten. Das geschieht nun wohl von einer anderen Warte aus.

Warum jetzt schon, dass ist eine der 1.387 Fragen die ich Gott stellen darf, wenn ich mal vor ihm stehe. Aber vielleicht habe ich dann gar keine Lust mehr, diese Frage zu stellen, weil ich feststelle, dass man von da, wo Edsche, wo „Vaddern" jetzt ist, eigentlich gar nicht mehr zurück will. Und vielleicht wurden einfach Edsches Fähigkeiten benötigt, um es dort noch schöner zu machen. Vielleicht hat da jemand gesagt: Da müssen wir mal Edsche fragen. Aber hier, hier fehlt er!

Udo

Udo wurde Ende 1959 in Rindern bei Kleve geboren. Seine Kinder- und Jugendjahre erlebte Udo in Kleve und auf dem Schiff seines Vaters. Dieser war Binnenschiffer. Eine interessante und lebensprägende Zeit. Eine vor allem behütete Kindheit. Zwei Schwestern und ein Bruder sorgten einmal mehr dafür, dass diese Kinder- und Jugendjahre nicht langweilig wurden.

Udo wurde selbst auch Binnenschiffer und fuhr als Kapitän für eine der Gesellschaften, die mit mehreren Schiffen auf den Wasserstraßen unterwegs waren.

Die Liebe seines Lebens lernte Udo Anfang der 1990er Jahre kennen. Ulrike. Eine heimliche Liebe. Denn von den 18 Jahren, die sich die beiden kannten, waren sie erst die letzten fünf Jahre fest zusammen. Die Jahre davor hat Udo seine Ulrike heimlich verehrt. War heimlich verliebt in sie.

Kennengelernt hat er sie im PAULANER, einem Gastronomiebetrieb in Duisburg, der heute nicht mehr existiert und in dem Ulrike als Servicekraft arbeitete. Immer wenn Udo fortan mit seinem Schiff Station machte in Duisburg – und das kam sehr regelmäßig vor – machte er auch Station im PAULANER. Und stets war er bemüht, vor 17 Uhr dort zu sein. Denn bis zu dieser Uhrzeit dauerte Ulrikes tägliche Arbeitszeit im PAULANER. Ulrike selbst ahnte lange nichts von Udos Sympathie und Liebe für sie.

Udo war selbst auch lange Zeit verheiratet mit Bettina. Eine Beziehung, die aber keinen dauerhaften Bestand hatte. Udo lebte schon lange in Scheidung, die aber offiziell noch nicht vollzogen war. Zwei mittlerweile erwachsene Kinder gehören zu dieser Beziehung. Zu ihnen versuchte Udo den regelmäßigen Kontakt zu halten, sie auch immer wieder zu sehen. Sorgte verantwortungsvoll für sie.

Am Rosenmontag 2004 fasste sich Udo aber ein Herz und gestand Ulrike seine Liebe. Und Ulrike erwiderte diese Liebe. Fortan waren sie zusammen, waren ein Paar. Seit Anfang 2005 lebten sie zusammen in Ihrer gemeinsamen Wohnung in Duisburg. Eine Wohnung, die sie sich zu einem sehr gemütlichen Zuhause ausgebaut haben. Udos handwerkliches Geschick und seine kreative Ader kamen hier voll zum Einsatz. Generell war Udo sehr hilfsbereit. Unterstützte gerne Freunde mit seinem handwerklichen Know-How. So auch den Inhaber des PAULANER, seiner erklärten Stammkneipe, mit dem ihn inzwischen auch eine Freundschaft verband.

Wenn möglich, betrachtete Udo die Welt auch gerne aus der Vogelperspektive. War nicht nur Schiffskapitän, sondern auch noch Flugkapitän. Jedenfalls in kleinen Sportmaschinen, für die er einen Flugschein besaß.

Es waren fünf richtig glückliche Jahre für Udo und seine Ulrike. Eine wunderschöne Zeit. Während dieser Zeit wurde tatsächlich nicht einmal gestritten. Udo war sehr fürsorglich. Wenn Ulrike krank war, blieb er immer so lange von Bord, bis sie gesund gepflegt war. Tolle Urlaube haben die beiden erlebt. Auf der AIDA, auf Gran Canaria. Ein Wochenende in Hamburg, in der Bleibe von Udo Lindenberg, im Hotel Atlantic, war noch geplant. Udo hat Ulrike gerne jeden Wunsch von den Lippen abgelesen. Ein Mensch, ein Mann, den man gut um sich haben konnte. Ein Mann in seinen besten Jahren.

Nichts deutete darauf hin, dass dieses eigentlich blühende Leben so bald ein Ende finden sollte. Anfang des Jahres fingen sich beide, Ulrike und Udo einen kursierenden Magen- und Darmvirus ein, der medizinisch behandelt wurde.

Aber Udo litt weiter unter Schmerzen, bis eine ernsthaftere Ursache diagnostiziert wurde. Wirklich geholfen werden konnte ihm nicht mehr.

Schmerzen konnten zum Ende noch gelindert werden, er kam in ein Koma.

Mitte Januar 2009 wurde es aber deutlich, dass Udos Leben zu Ende gehen würde.

Ulrike war die ganze Zeit bei ihm. Und er schaffte es auch noch zu warten, bis sich seine ganze „verrückte Familie" am Krankenbett versammelte, seine Kinder und seine Geschwister, und Abschied von ihm nehmen konnte. Bei aller Tragik dieser Situation ist es zumindest ein kleines Geschenk, dass dies noch so möglich sein durfte. Diejenige und diejenigen in so einem Moment an seiner Seite zu wissen, die einem im Leben das Liebste sind. Eine lange Leidenszeit blieb ihm erspart. Das Leben von Udo auf dieser Erde endete Mitte Januar 2009.

Edda

Edda hat gelebt, gerne gelebt. Intensiv gelebt. Die meiste Zeit ihres Lebens. Die Kerze brannte oft an beiden Enden." Edda war ein meist positiv „unruhiger Geist", umtriebig, ausgestattet mit einem unternehmerischen Wesen. Und das war sie ja auch: UNTERNEHMERIN – Geschäftsfrau. Ein liebevolles Wesen, hilfsbereit, lebenslustig. Den Menschen zugewandt. Aber auch durchsetzig und zielstrebig. Edda wusste in der Regel, was sie wollte. War aber auch immer für alle da, hat jedem die Hand gereicht und ist dabei auch immer wieder ausgenutzt worden. Zuletzt bis an ihre Grenze ausgenutzt worden. Eigentlich über ihre Grenze. In ihrem Innersten scheint es eine Veränderung gegeben zu haben, die in ihr den Eindruck mehr und mehr verfestigten, das Leben, ihr Leben und entstandene Situationen nicht mehr in den Griff zu bekommen.

Wer aber war Edda? Auf jeden Fall ein Original. Ein Original des Schöpfers dieser Welt. Einzigartig. Der Schöpfer schafft nur Originale.

Edda wurde 1956 als erste Tochter eines deutschstämmigen Ehepaares im polnischen Zabrze geboren, eine Stadt, die früher Hindenburg hieß. Zwei Schwestern folgen im Jahresabstand. Alle im Oktober geboren. In Zabrze erlebte Edda mit ihren Schwestern ihre Kinder- und Jugendjahre. Alle drei besuchten dort die Schule und erlernten ihre Berufe. Es waren gute Jahre, in denen sie als Schwestern gerne zusammen waren und in denen sich ihre herzliche Verbundenheit festigte, die sich über all die Jahre gehalten hat. Gerne haben die Schwestern zusammen gesungen, sind bei Feten als Gesangsformation aufgetreten.

Edda ließ sich nach ihrem Abitur als Technikerin in der Chemiebranche ausbilden.

Im Mai 1977 siedelte die ganze Familie um nach Deutschland. Viele Anläufe hatte man bis dahin unternommen und als letzte Zelle einer Großfamilie konnte auch die Familie von Edda in die ursprüngliche Heimat ausreisen. Duisburg wurde zunächst das neue Zuhause für die Familie. Für Edda aber nur kurzzeitig. Schon recht bald war sie in anderen Regionen Deutschland unterwegs. Zunächst belegte sie im Internat einen Sprachkurs. Damit ihr polnisches Abitur in Deutschland anerkannt wurde, musste sie eine zusätzliche Prüfung ablegen. Anschließend arbeitete sie im Raum Wiesbaden in der Chemiebranche.

In Wiesbaden lernte sie dann Gerd kennen und lieben. 1982 wurde geheiratet.

Standesamtlich in Lubijana, in Polen, kirchlich in Wiesbaden. Wiesbaden hatte mit seiner Partnerstadt Lubiljana eine Art Völkerverständigungsprojekt ins Leben gerufen, welches diese Konstellation möglich machte. Edda wurde Mutter. Ein Sohn und eine Tochter machten aus dem Ehepaar recht bald eine kleine Familie.

Eddas Persönlichkeit war von einem unternehmerischen Wesen geprägt. Erste Aktivitäten startete sie im Bereich des Handels mit Tupperware im Raum Wiesbaden und fand bei den Angehörigen der U.S. Army, die im Raum Wiesbaden große Bases unterhielten, ein weites Absatzfeld.

1997 zog Edda mit ihrer Familie nach Ostdeutschland, in die neuen Bundesländer, in die Nähe von Halle. Hier hatte Ehemann Gerd eine Professur angeboten bekommen und auch übernommen. Edda eröffnete in ihrem neuen Lebensumfeld recht bald drei Dessous-Geschäfte in Halle, Grimme und Querfurt.

Auch eine Firma, die Dessous produzierte und dann auch vertrieb, wurde von Edda zusammen mit ihrem Ehemann gegründet.

Die vielfältigen unternehmerischen Aktivitäten von Edda brachten es mit sich, dass immer weniger Zeit in die Partnerschaft und Ehe investiert wurde. Man lebte sich auseinander, ging irgendwann getrennte Wege. Ging im Guten auseinander.

Hatte auch nach der Scheidung weiterhin Kontakt.

Edda kam auch mit der Mentalität der Menschen im Osten Deutschlands nicht gut klar. Anfang der 2000er Jahre zog sie daher wieder nach Hessen, nach Idstein und eröffnete hier ein neues Dessous-Geschäft. Das aber nicht so gut lief, wie es sich Edda erhofft hatte.

Irgendwann bekam Edda Kontakt mit einer ehemaligen Restaurant-Besitzerin, die allerdings mit ihren Unternehmungen in Konkurs gegangen war und aufgrund dessen kein eigenes Lokal mehr führen durfte. Beide entwickelten dann die Idee, ein Speiselokal zu eröffnen. Edda verkaufte Ihr Geschäft und investierte Ihr Geld in ein Lokal in Limburg an der Lahn. Ein Schmuckstück, direkt an der Lahn gelegen. Nach den Plänen von Edda von Grund auf renoviert. An einem Februartag wurde es eröffnet. Ihre Geschäftspartnerin wollte Know-How einbringen und Edda praktische

Tipps geben. Edda stellte diese Frau als Köchin ein, verhalf ihr so zu einem Einkommen und besorgte ihr auch eine Wohnung im an das Lokal angrenzenden Wohnhaus, die Edda finanzierte. Sie selbst wohnte auch in dem Haus.

Keine gute Entscheidung, keine gute Fügung. Sehr bald kam es zu Unstimmigkeiten. Die sogenannte Geschäftspartnerin begann Edda zu triezen und zu mobben. Verleumdungen auszusprechen. Eine sehr problematische und schwierige Zeit für Edda. Zwischendurch gab es auch immer wieder Lichtblicke. Als z. B. die gesamte Familie aus Duisburg anreiste, um den Geburtstag des Lebensgefährten von Eddas Mutter in ihrem Lokal zu feiern. Sie hatte immer gerne Kontakt zu Ihrer Familie.

Auf ihre Familie konnte sie sich immer verlassen. Edda freute sich, bald den 50. Geburtstag Ihrer jüngsten Schwester im großen Familienkreis zu feiern.

Die Situation vor Ort jedoch wurde immer erdrückender. Scheinbar legte sich eine Schwere auf Eddas Seele. Ihre Geschäftspartnerin konnte Edda so schnell aber nicht loswerden. Teilweise glichen ihre Tage einem Spießrutenlauf.

In einem letzten Telefongespräch mit ihrer jüngsten Schwester, mitten in den Nachtstunden, machte sich Edda noch einmal Luft. Sprach auch kurz davon Schluss machen zu wollen, wenn sich nichts Entscheidendes ändern sollte. Kurze Zeit später bekam Eddas Schwester einen weiteren Anruf aus Limburg. Diesmal von der Polizei, die ihr mitteilte, dass Edda sich vor wenigen Minuten an der Garderobe ihres Lokals erhängt hatte. Gefunden wurde sie von einem Musiker, der mit seiner Band regelmäßig einmal die Woche hier spielte.

An einem Augusttag Ende des ersten Jahrzehnts des neuen Jahrtausends, beendete Edda ihr Leben, indem sie sich einfach aufhing. Es wird unbegreiflich bleiben, dass ein Leben in den besten Jahren, ein so interessantes Leben, so abrupt und unter diesen Umständen ein selbst gewähltes Ende fand.

Gerd-Rüdiger

„Man lebt zweimal:
Das erste Mal in der Wirklichkeit,
das zweite Mal in der Erinnerung
an alle Höhen und Tiefen
des gemeinsamen Weges."

Gerd-Rüdiger wurde im Februar 1952 im Duisburger Stadtteil Hamborn geboren.

Auf den Tag genau am 1. Geburtstag seiner Schwester Evi. Und so wurde dann in den weiteren Jahren und Jahrzehnten dieser gemeinsame Geburtstag auch fast in jedem Jahr gemeinsam gefeiert. Mit einigen Jahren Abstand folgten noch zwei Geschwister: Bruder Heinz und Schwester Mary.

Seine Kinder- und Jugendjahre verbrachte Gerd-Rüdiger in Duisburg-Hamborn, wo er bis Mitte der 1970er Jahre lebte. Gerd-Rüdiger war ein lebhaftes Kind und lebhafter Jugendlicher.

Als Jugendlicher hat er im Elternhaus beim morgendlichen Frühstück sehr ausgeschlafen ausführliche und umfangreiche Gespräche mit seiner Mutter geführt. Sehr zum Leidwesen seiner Schwester Evi, die es morgens lieber etwas ruhiger anging. In diesen Gesprächen ging es meist darum, was er am Tag und Abend vorher erlebt hat. Dieses Mitteilungsbedürfnis hat sich auch in späteren Jahren fortgesetzt. Zu seiner Ursprungsfamilie, seinen Eltern und seinen Geschwistern hatte er zeitlebens einen guten Kontakt. Die Weihnachtsfeste beispielsweise wurden stets im großen Kreis mit den inzwischen eigenen Partnern und Familien gemeinsam gefeiert. Ein echter Verlust für Gerd-Rüdiger war es, als sein Vater relativ jung mit erst 49 Jahren verstarb.

Seit Mitte der 1970er Jahre war dann Dinslaken sein Zuhause. Hier war er am Amtsgericht beschäftigt, nachdem er eine Ausbildung zum Justizbeamten des Landes Nordrhein-Westfalen unter anderem an den Amtsgerichten in Düsseldorf und Duisburg absolviert hatte. Von Anfang an entwickelte Gerd-Rüdiger eine Leidenschaft für die juristische Sprache und Gesetzestexte, die ihm nie Schwierigkeiten bereiteten. Er hat immer an seiner Berufswahl festgehalten und mit Enthusiasmus davon berichtet. Zugute kam Gerd-Rüdiger oder auch „Rüdi", wie er von Arbeitskollegen und Bekannten oft genannt wurde, seine Kreativität in Bezug auf das Schreiben und die Gestaltung von Schriftsätzen. Da hatte er auch einen echten Qualitätsanspruch.

Innerhalb der Justiz bildete sich Rüdi weiter zum Gerichtsvollzieher und schloss diese Weiterbildung auch erfolgreich ab. Wenngleich er diese Tätigkeit dann doch nicht aktiv ausübte. Rüdi engagierte sich für seine Kolleginnen und Kollegen indem er sich als Mitarbeitervertreter in den Personalrat wählen ließ, den er als Personalratsvorsitzender später sogar leitete. Was ihm außerordentlich gut gefallen hat. Als hilfsbereiter Mensch, mit einer in seinem Wesen verankerten guten Portion sozialer Kompetenz, hat er sich gerne auch immer wieder für Menschen eingesetzt.

Als die Einberufung zum Wehrdienst in der Bundeswehr anstand, entschied sich Gerd-Rüdiger für die

Marine. In dieser Zeit wurde eine weitere große Leidenschaft in ihm geweckt. Bis zuletzt hat er von der Seefahrt geschwärmt. Eine Tafel mit Seemannsknoten, eine Glasen Uhr und eine Schiffsglocke, die als Dekoration in seinem Haus hängen, zeugten äußerlich davon. Über viele Jahre hat Gerd-Rüdiger die Segeltörns auf dem Ijsselmeer mit seinem jüngeren Bruder Heiner sehr genossen und auch immer wieder mit großer Freude darüber berichtet. Auch gerne Seemannsgarn gesponnen.

Gerd-Rüdiger war zweimal verheiratet. Im Rückblick darf seine erste Heirat als Kurzschlusshandlung in jungen Jahren bezeichnet werden. Diese Ehe bestand nur ein Jahr. Seine für ihn große „Liebe auf den 1. Blick" und die eigentliche Frau seines Lebens war und wurde Ingelore, meist „Inge" genannt. Trotz vieler Probleme, die über die Jahre mit seiner immer mehr Raum gewinnenden Krankheit einher gingen, war sie für Gerd-Rüdiger bis zu seinem Lebensende das Wichtigste. Beide lernten sich auf dem Arbeitsplatz kennen. Inge arbeitete zum Zeitpunkt des Kennenlernens als Verwaltungsangestellte innerhalb des Bereichs der Justiz, in dem Gerd-Rüdiger nach erfolgreichem Abschluss seiner Ausbildung und absolviertem Wehrdienst bei der Marine, ein neues berufliches Betätigungsfeld finden sollte. „Die heiratete ich mal" waren Gerd-Rüdigers Worte, die er zu einem Kollegen sprach, als er Inge das erste Mal sah. So kam es dann auch. Auf Lanzarote, der erklärten Lieblingsinsel von Gerd-Rüdiger, haben sich beide verlobt.

Kurz vor dem Weihnachtsfest 1978 wurde dann in Dinslaken Hochzeit gefeiert.

Eine Ehe die 31 Jahre Bestand hatte, in guten, wie in nicht so guten Tagen. So wie man es sich am Tag der Trauung versprochen hatte.

Sohn Bjarne, der zu Beginn der 1980er Jahre geboren wurde, machte aus dem Ehepaar dann eine kleine Familie. Die Geburt seines Sohnes und dessen problemloser Werdegang während Schulzeit und Studium, hat Gerd-Rüdiger immer sehr stolz gemacht. Für seine Ehefrau Inge bleibt ein Familienurlaub in der Türkei unvergessen, als Bjarne 12 Jahre jung war. Ein Urlaub bei dem einfach alles stimmte und passte.

Gerd-Rüdiger war sportlich begeistert und aktiv. War insbesondere an Fußball interessiert. Lange Jahre hat er intensiv und gut Tennis gespielt, was ihm auch wegen der Geselligkeit viel Spaß gemacht hat. Überhaupt war Gerd-Rüdiger ein geselliger Mensch, kontaktfreudig. Was sich aber mit zunehmender Erkrankung reduzierte und ihn am Ende auch zu einem einsamen, aber genügsamen Menschen machte.

In seinen guten Zeiten konnte er Gesellschaften unterhalten, hatte durchaus Entertainerqulitäten, die sicherlich seiner natürlichen Kreativität entsprachen. Er war dazu künstlerisch hochgradig begabt, was sich z. B. beim Malen zeigte. In ihm steckte viel musikalisches Potential, das er zwar nie ausbilden ließ, das aber immer wieder zum Vorschein kam. Insbesondere dann, wenn er unterschiedlichsten Instrumenten Töne entlockte, mit denen er Menschen unterhalten konnte. Sie hörten seinem musikalischen Spiel gerne zu. Auch handwerklich war Geschick vorhanden, das er aktiv besonders während der Hausbauphase einsetzte. Rüdi war ein sehr humorvoller, intelligenter und vielseitig interessierter Mann und Mensch.

Aber Gerd-Rüdiger war auch krank. Alkoholkrank. Mit allen Nebenwirkungen bis hin zu Persönlichkeitsveränderungen, die diese Krankheit mit sich bringt. Es ist allgemein bekannt, dass leider immer noch viel passieren muss, bevor sich jemand dieser Krankheit stellt und versucht im eigenen Interesse und auch im Interesse der Menschen, die einen lieben und begleiten, dagegen anzugehen. Und oft genug geschieht das einfach nicht. Daher waren viele Jahre des Zusammenlebens innerhalb seiner eigenen Familie, für seine Ehefrau und seinen Sohn, nicht einfach. Gerd-Rüdiger liebte sicherlich seine Ehefrau, seine Familie. Aber Alkoholismus ist keine Krankheit, die man im Griff hat, sondern die einen im Griff hat. Das konnte seine Inge schon ganz gut differenzieren, was allerdings viele Situationen in der Realität nicht einfacher machten.

Eine Art Wende begann wohl Mitte des ersten Jahrzehnts der 2000er Jahre. Wenngleich man sich andere Auslöser gewünscht hätte. Bei Gerd-Rüdiger wurden eine Lebererkrankung und vor allem Leberkrebs diagnostiziert. Entsprechende Krankenhausaufenthalte, Operationen und Therapien standen an. Bis zu diesem Zeitpunkt hat er auch noch aktiv am Berufsleben teilgenommen. Lange Zeit war auch noch ein sehr starker Lebenswille bei Gerd-Rüdiger vorhanden. Es gab Hochs und Tiefs. Auch schöne Aktionen und Aktivitäten waren noch möglich. Gerd-Rüdiger genoss die Segeltörns mit seinem Bruder. Ende des Jahrzehnts verbrachte er auch noch einmal eine Woche auf Lanzarote, seiner „Verlobungsinsel". Vielleicht auch bereits in dem Bewusstsein, anzufangen Abschied zu nehmen. Gerd-Rüdiger wurde mehr und mehr pflegebedürftig. Ein betreutes Wohnen wurde unumgänglich und so lebte Rüdi in einer sozialen Einrichtung. Aber begleitet von seiner großen Familie. Und sein Wesen veränderte sich auch wieder. Gerd-Rüdiger konnte sich in den letzten Monaten an Kleinigkeiten und kurzen Zuwendungen erfreuen. Und er strahlte Ruhe, Zufriedenheit und Ausgeglichenheit aus.

Das registrierte in besonderem Maße auch seine Ehefrau Inge, die zwar Abstand benötigte, aber doch den Kontakt in den besonders schwierigen letzten Jahren und Monaten immer hielt. Die ihn wirklich begleitet hat in dieser Phase seines Krankheitsbildes. Inge stand zu Rüdi. Hat nichts beschönigt, hat ihn aber auch nicht fallen gelassen. Hat das Versprechen eingelöst, das man sich zu Beginn der Ehe gegeben hat: in guten wie in schlechten, in schwierigen Tagen.

Irgendwann war es zu erahnen, dass es mit Gerd-Rüdigers Leben zu Ende gehen würde. Seine letzten Tage verbrachte er in einem Dinslakener Krankenhaus.

Seine Geschwister, aber insbesondere seine Ehefrau Inge, waren täglich und auch in der Nacht bei ihm. Gerd-Rüdiger hat es sich gewünscht und Inge ist dem gerne nachgekommen. So konnten beide auch sehr bewusst Abschied nehmen von einander. Gerd-Rüdiger war bis zuletzt bei klarem und vollem Verstand. Inge durfte noch einmal den Gerd-Rüdiger erleben, in den sie sich verliebt hatte. Sein wahres Wesen. So schloss sich der Kreis des gemeinsamen Lebens von Inge und

Gerd-Rüdiger zum Ende doch noch positiv. Fünf Tage vor seinem Ende wünschte sich Gerd-Rüdiger sehr bewusst noch einmal den Ehering und diesen auch zu tragen.

Sylvester, am letzten Tag des Jahres, am 31.Dezember in den Morgenstunden wurde deutlich, dass seine Kraft zu Ende geht. Nachdem er noch zweimal sehr deutlich und bewusst den Namen seiner Ehefrau Inge ausgesprochen hatte, schloss er schließlich seine Augen für immer. An einem 31. Dezember Ende des ersten Jahrzehnts des neuen Jahrtausends endete das Leben von Gerd-Rüdiger auf dieser Erde. Im Beisein seiner Ehefrau Ingelore.

Wolfgang („Wolle")

Vielleicht war er so einer, von dem die Band „ZZ TOP" in ihrem Song „Rough Boy" singt: Einer, der das Feuer löscht, einer von dem es heißt, er sei unbesiegbar. Der sich dir entgegenstellt und dir direkt in die Augen sieht. Einer, der nur eine Minute braucht um zu erklären, warum er ein „Rough Boy", ein „Harter Kerl" ist.

Dem auch manchmal egal ist, was andere von ihm denken, der schon zeigen kann, dass man es gemeinsam hinbekommt, dass man gemeinsam durchkommt.

Der sich jetzt aber doch fragt, was um alles in der Welt über ihn hereingebrochen ist?

Wolfgang Peter, wie er mit vollem Namen heißt, aber meist Wolfgang oder Wolle gerufen, wurde im Februar 1957 in Übach-Pahlenberg, bei Aachen geboren und verbrachte hier seine ersten vier Lebensjahre. Seit dem 4.Lebensjahr lebte Wolfgang mit seiner Familie aber in Dinslaken. Hier verbrachte er nicht nur seine Kinder- und Jugendjahre. Dinslaken blieb auch dauerhaft sein Zuhause. Sieben Geschwister sorgten dafür, dass es in seinen Kinder- und Jugendjahren nicht langweilig wurde. Eine sehr prägende Zeit. Trotz begrenzter wirtschaftlicher Möglichkeiten hat die Familie während seiner Jugendzeit viel miteinander unternommen. Dafür hat seine Mutter gesorgt. Mit den Geschwistern ging es des Öfteren gemeinsam zum Camping nach Holland, wo man gemeinsam viele spannende Situationen erlebte.

Nach Beendigung der Schulzeit absolvierte Wolfgang eine Berufsausbildung zum Tankwart, was zu dem Zeitpunkt noch ein echter Lehrberuf war. Später arbeitete er auf Montage im Stahlbau und wechselte Anfang der 1980er Jahre schließlich zu einem Stahlbauunternehmen der Region, dem er dann die berufliche Treue hielt.

Wolfgangs Ehefrau Evelyn trat bereits relativ früh in seinen Lebenskreis. Man kannte sich schon seit gemeinsamen Pfadfinderzeiten. Als Teenager, Wolle war 17, Evelyn 15, war man sich kurzzeitig schon recht nahe, verlor sich dann doch noch einmal aus den Augen. Durch Evelyns Bruder, der mit einer Schwester Wolfgangs verheiratet war, kam man wieder in Kontakt und verliebte sich ineinander. Zwei sehr unterschiedliche Persönlichkeiten, mit auch unterschiedlichen Bekannten- und Freundeskreisen. Legendär war die Verlobungsfeier, die zunächst auf zwei Etagen gefeiert wurde. Unten die Freunde aus dem Motorradclub, in dem Wolfgang Mitglied war. Oben die „Justiz", Kollegen und Bekannte von Evelyn, die bei der Justizbehörde beschäftigt ist. Später hat sich dann aber doch noch alles gut durchmischt. Hochzeit gefeiert wurde im März 1983 in Dinslaken.

Die Söhne Mike und Roy sorgten in den nächsten Jahren dafür, dass Wolfgang und Evelyn auch Familie wurden. Eine glückliche Familie. Wolfgang war gerne Vater. War gerne mit seinen Söhnen zusammen. Soweit möglich, hat er die Kinder mit in seine Aktivitäten hineingenommen. Ist auch, selbst als die Söhne noch im Windelalter waren, übers Wochenende mit ihnen weggefahren, um seiner Frau ein ruhiges Wochenende zu gönnen. Hat dann auch befreundete Väter motiviert mitzukommen. Später war Pfingsten der feste Termin für diesen „Vater-Kind-Abenteuerurlaub" mit Freunden und deren Kindern. Initiiert von Wolle. Auch als Gesamtfamilie verbrachte man gerne viel Zeit und die Urlaube miteinander. Als Vater war Wolfgang Vorbild für die eigenen Söhne und auch für sein Patenkind Olaf.

Überhaupt war Wolfgang immer gerne mit jungen Leuten zusammen. Besegelte mit seinen Söhnen und dem Patensohn das Ijsselmeer. Und beim Discobesuch tanzte er dann auch schon mal auf dem Tisch. Gefeiert hat er sowieso gerne.

In der Ehe war Wolfgang sicherlich der Aktivposten, vorausplanend, neue Ziele setzend. Durchaus auch dominant und tonangebend. Er wollte immer neue Dinge erleben, neue Welten kennenlernen. Eine auch positive Unruhe war in seinem Wesen begründet, die ihn und andere auch immer wieder nach vorne brachte und Ziele erreichen ließ. Wolfgang war kontaktfreudig, lernte gerne neue Leute kennen. Ohne ihn hätte Evelyn wohl nicht so viele Menschen im Laufe ihres gemeinsamen Lebens kennengelernt. Wenngleich er auch nicht immer ihre Bedürfnisse mit im Blick hatte. Die Silberhochzeit feierte Wolfgang mit seiner Evelyn auf einem Insel-Segel-Törn in der Karibik.

Zur Kontaktfreudigkeit gehört auch Diskussionsfreudigkeit. Wolfgang diskutierte gerne, suchte dabei immer den direkten Weg, durchaus auch manchmal konfrontativ.

Und wenn es mal irgendwo Knies gab, war er nicht nachtragend. Konnte immer über seinen Schatten springen und hatte wenig Probleme, Beziehungen aufrecht zu erhalten.

Wolle war ein sportbegeisterter Aktivist. In jüngeren Jahren war er in seinem Motorradclub aktiv. Später ist er gerne Ski gelaufen und getaucht. Und in den letzten 11 Jahren seines Lebens gehörte seine Leidenschaft vor allem dem Segeln. Er ließ sich ausbilden, machte entsprechende Segelscheine. Sein Segelboot kaufte er in Frankreich. Das Problem der Überführung löste er, indem seinen Jahresurlaub einsetzte, um mit seiner Familie mit der Bahn nach Frankreich zu fahren, dort das Boot zu übernehmen und über Binnenwasserwege von Frankreich nach Deutschland zu bringen. Auf einem Rheinarm bei Wesel war dann der Heimathafen. Sein Hauptsegelgebiet war aber die Ostsee, bis rauf zur dänischen Küste. Hier wurde der durch Überstunden und Freischichten verlängerte siebenwöchige Jahresurlaub verbracht. Auf Binnenwasserwegen zur Ostsee und später auch wieder zurück.

Wolfgang war durchaus stolz auf das, was er geschafft hatte und aus seinem Leben gemacht hatte. Er hatte noch einiges vor. Mit 52 Jahren erwartet man noch nicht, dass das Leben unvorbereitet endet. Gesundheitlich ging es Wolfgang eigentlich gut. Eine Ohrspeicheldrüsenkrebserkrankung war ausgeheilt. Sie wurde eher zufällig entdeckt, als er seine Frau wegen einer Untersuchung ins Krankenhaus begleitete. Das Entdecken dieser Erkrankung hatte so ganz nebenbei zur Folge, dass Wolle zur selben Zeit operiert wurde wie Evelyn und beide zusammen ein Zweibettzimmer im Krankenhaus belegten. Eine seltene, aber für beide glückliche Fügung.

Nichts deutete darauf hin, dass dieses blühende Leben so bald ein Ende finden sollte.

Doch Wolle litt seit einigen Tagen unter Schmerzen und Druck im Brustbereich.

Durchaus Symptome, die auf einen Herzinfarkt hindeuten können. Deshalb fuhr Evelyn auch mit ihm ins Krankenhaus. Hier ereilte Wolfgang dann bei der Untersuchung ein sogenannter Sekundentod. Ein Herzstillstand bzw. -infarkt. Im Oktober 2009. Und obwohl von medizinischem Fachpersonal umgeben, konnte er nicht wieder ins Leben zurückgeholt werden.

An diesem Tag im Oktober 2009 endet das Leben von Wolfgang, von Wolle auf dieser Erde. Mitten in einer mehr als aktiven Lebensphase. Eigentlich ein Tod, wie ihn sich viele wünschen. Mitten aus einer aktiven Lebensphase, ohne Schmerz, ohne Leid. Trotzdem nur ein schwacher Trost für diejenigen, die so plötzlich mit dieser Endlichkeit konfrontiert wurden.

Ilse

Ilse ist im Mai 1938 in Buchholz geboren. Einem Stadtteil im Duisburger Süden.

Zusammen mit ihren vier Geschwister erlebte Ilse ihre Kinder- und Jugendjahre in Buchholz. Schon sehr früh wurde sie mit einer einschneidenden Verlusterfahrung konfrontiert. Ihr Vater fiel als Soldat im 2. Weltkrieg und die Mutter zog ihre Kinder dann alleine groß. Nach Abschluss ihrer Schulzeit begann für Ilse das Berufsleben. Dieses verbrachte sie größtenteils als Laborhilfe bei der Stadt Duisburg. Bis zu ihrem Eintritt in den Ruhestand mit 65 Jahren.

Den Mann fürs Leben lernte Ilse im Januar 1962 mit Bernhard kennen, der allen nur als „Berni" bekannt war. Schon im Mai 1962 verlobten sich beide und bereits im August 1962 wurde Hochzeit gefeiert. Für beide war es tatsächlich die viel gerühmte Liebe auf den 1. Blick. 1964 wurde Tochter Sabine als einziges Kind geboren und machte aus dem Ehepaar eine kleine Familie.

Im Stadtteil Hüttenheim fand die Familie ein neues Zuhause. Ehemann Berni arbeitete bei Mannesmann und in Hüttenheim gab es für die Beschäftigten des Unternehmens Werkswohnungen. Zunächst lebte die Familie in einem Haus, später wurde eine Wohnung bezogen, die Ilse bis zum Sommer 2009 bewohnte.

Danach lebte Ilse für einige Monate im Haus ihrer Tochter in Rheinhausen und seit Dezember 2009 wieder in ihrer eigenen Wohnung in der Lindenallee in Rheinhausen. In unmittelbarer Nähe der Tochter.

Bereits im Jahre 1990 musste Ilse den Verlust ihres Ehemannes Berni verkraften. Eine neue Partnerschaft kam für sie nicht in Frage und sie lebte fortan alleine. War aber nicht alleine. Der Kontakt zu ihrer Tochter Sabine war immer sehr eng. Als Sabine eigene Kinder bekam, zunächst Sohn Andreas und dann die Zwillinge Nadine und Nils, wurde aus Ilse eine glückliche Oma. Die Enkelkinder wurden und waren ein wichtiger Faktor und Bestandteil ihres Lebens. Gerade in den ersten Lebensjahren ihrer Enkelkinder hat Ilse ihre Tochter Sabine besonders unterstützt. Insbesondere als die Zwillinge geboren wurden. Kleinkindbelange wie das Füttern und das Wickeln, mussten dann ja oft genug zeitgleich für zwei Kinder auf die Reihe bekommen werden.

Der Kontakt zu ihren Enkelkindern blieb zeitlebens gut und intensiv.

Und dieser gute Draht zu den Enkelkindern zeigte sich auch darin, dass besonders in den letzten Jahren, als es gesundheitlich schwierig wurde bei Ilse, die Enkel regelmäßig der Oma geholfen haben. Sich abwechselnd wöchentlich um den Einkauf und die Wohnungspflege kümmerten. Ilse blühte schon morgens auf, wenn sie wusste, dass mittags die Enkelkinder kommen.

Ilse mochte außerdem gerne Tiere. Hatte früher auch eigene Tiere. Später nahm sie gerne den Hund ihrer Tochter tagsüber in Pflege und genoss während der Phase, in dem sie im Haus ihrer Tochter wohnte, das Leben mit acht Katzen und dem Hund.

Vom Wesen her war Ilse eine starke Persönlichkeit. Ausgestattet mit einem starken Willen konnte sie sehr bestimmend sein. Ilse war immer super organisiert. Einerseits war sie sehr kontaktfreudig, andererseits aber auch sehr häuslich. Durchaus bodenständig. An Reisen hatte sie kein Interesse.

Gesundheitlich meinte es das Leben, besonders in ihren letzten Jahren, nicht besonders gut mit Ilse. Aufgrund von Durchblutungsstörungen wurden ihr verschiedene Bypässe gesetzt, zwei Jahre vor ihrem Lebensende das erste Bein amputiert und ein Jahr vorher auch das zweite Bein. Ilse durchlebte eine wirkliche Leidenszeit.

Aber Ilse hatte einen starken Lebenswillen. In ein Heim wollte sie auf keinen Fall. Alleine in Hüttenheim in der Wohnung ging es aber auch nicht mehr. Und so organisierte sie sich nach dem Zwischenaufenthalt im Haus ihrer Tochter, ab Dezember 2009 in Rheinhausen eine Wohnung für sich. In der Nähe des Hauses ihrer Tochter Sabine. Dort richtete sie sich entsprechend behindertengerecht ein.

Sabine war täglich mehrmals bei ihr. Und Ilse meldete sich täglich mindestens fünfmal telefonisch bei Ihrer Tochter. Was Sabine damals verständlicherweise schon anfing zu nerven, vermisste sie dann doch, als sie mit der Endlichkeit des Lebens ihrer Mutter konfrontiert wurde.

Wenige Tage bevor Ilse ihre Augen für immer schliessen sollte, fand Tochter Sabine ihre Mutter auf dem Boden ihrer Wohnung. Sie war aus dem Rollstuhl gestürzt und in einem geistig verwirrten Zustand. Es war unumgänglich, dass sie in ein Krankenhaus gebracht werden musste. In die Städtischen Kliniken in der Wedau.

Wirklich fit und klar wurde sie hier nicht wieder. Im Februar 2010 schloß sie im Krankenhaus ihre Augen dann auch für immer. Im Hinblick auf ihre körperlichen Leiden und Schmerzen schon so etwas wie eine Erlösung. Trotz dieses Bewusstseins hätte Sabine sich jetzt wieder die täglichen Anrufe gewünscht.

Albert (Opa von Max)

Albert Bartsch wurde am 26.Januar 1936 als sechstes und jüngstes Kind des Ehepaares Bartsch in Duisburg geboren. Seine drei Brüder und zwei Schwestern sorgten mit dafür, dass es in seinen Kinder- und Jugendjahren nicht langweilig wurde. Diese Jahre verbrachte Albert größtenteils in seiner Geburts- und Heimatstadt. Während der Zeit des 2. Weltkrieges war er aber im Rahmen der damals sogenannten „Kinderlandverschickung" für einige Zeit in Württemberg. Dort auf dem Land war es sicherer als in der großen Industriestadt Duisburg, die bevorzugtes Ziel von Bombenangriffen war.

Nach Abschluss seiner Schulzeit erlernte Albert zunächst den Beruf eines Schmiedes. Die meiste Zeit arbeitete er aber für das Unternehmen MANNESMANN als Industriefahrer. Diesem Unternehmen hielt er auch bis zu seinem Eintritt in den Ruhestand die berufliche Treue. Eigentlich dem Vorruhestand. Denn Albert war erst in der ersten Hälfte seiner 50er Jahre, als er aufhören durfte zu arbeiten. Geschenkte Jahre, die er wohl zu füllen wusste.

Albert war in seinem Leben zweimal verheiratet. Die erste Ehe wurde allerdings früh geschieden. In dieser Ehe wurde sein erster Sohn Peter geboren. Besser als Pit bekannt. Die Mutter und Ehefrau verließ die Familie, als der Sohn im ersten Lebensjahr war. Albert trug zunächst alleine Verantwortung für Pit. Auf keinen Fall wollte er ihn in ein Heim geben. Dafür trug er Sorge und dafür ist ihm Pit bis heute mehr als dankbar. Alberts Schwester

Grete unterstützte ihren Bruder bei der Erziehung und Betreuung seines Sohnes. Bei „Tante Grete" wurde Pit die ersten drei Jahre groß.

Eine neue Liebe und letztlich die Frau fürs Leben begegnete Albert Bartsch mit Ilse.

Am 23. November 1962 wurde in Duisburg Hochzeit gefeiert. Und diese Ehe, diese Beziehung hatte Bestand. Ilse brachte Tochter Marianne mit in die Beziehung.

Burkhard schließlich wurde ihr gemeinsamer Sohn. Eine in den Anfängen „Patchwork Familie" wie man sie heute nennen würde, die aber schnell als echte Familie zusammenwuchs, in der es keine Stiefkinder und Stiefelternteile gab, sondern nur Kinder und Eltern.

Bis 1990 wohnte zunächst die ganze Familie und später Albert mit seiner Ilse als Ehepaar im Haus am Klettenweg im Duisburger Süden, in Hüttenheim. Anfang 1992 bezog Albert mit seiner Ilse dann eine Wohnung in Ungelsheim. Das Haus am Klettenweg wurde dann von Pit und dessen Familie übernommen. Albert hat hier aber nach wie vor gerne die Gartenarbeit gemacht. Diese körperliche Betätigung tat ihm einfach gut.

Albert war ein fürsorglicher Mann, der auf Situationen immer entsprechend reagierte.

Kein Mann der großen Worte, aber der Taten. Er sah, wenn Hilfe benötigt wurde und packte tatkräftig mit an. Dabei hat er die Mitmenschen im Blick gehabt. Äußerlich ruhig, war er trotzdem engagiert und glänzte durch Einsatz und Taten. Ein verlässlicher Mann. Ein Vorbild an Zuverlässigkeit, der seine Mitmenschen im Blick hatte.

Besonders engagiert hat er sich im Schützenverein Hüttenheim/Ungelsheim. Hier wurde viel Zeit investiert. Hier hatte er bis zu seinem Lebensende das Amt des Kassierers inne. Sein persönliches Highlight in seinem Engagement für diesen Verein war eine Reise Mitte der 1990er Jahre mit den Mitgliedern des Schützenvereins nach New York. Damit verbunden die Teilnahme an der weltweit bekannten Steubenparade. Ansonsten gönnten sich Albert und seine Ilse Reisen eigentlich erst, als die Kinder selbst schon langsam flügge waren. 1975 ging es zunächst los mit Camping im eigenen Land. Später auch in wärmere Gefilde, wie die Türkei und Italien.

Irgendwann wurde Albert Großvater – stolzer Opa. Zunächst von Rebecca und Torsten, die mittlerweile erwachsenen Kinder von Tochter Marianne und in den letzten Jahren von Pia und Max, den Kindern seines Sohnes Pit.

Mit ihnen hatte er auch nochmal ein besonders inniges Verhältnis, weil auch die räumliche und damit direkte Nähe gegeben war. Viele Touren wurden gemeinsam unternommen und Pia und Max haben oft am Wochenende bei Oma und Opa, die letzten zwei Jahre beim Opa am Wochenende gepennt. Albert Bartsch war ein großzügiger Opa.

Albert Bartsch war aber auch ein treusorgender Ehemann, der seiner Liebe Ausdruck verleihen konnte. Mindestens alle zwei Wochen standen frische Baccara-Rosen bei Ilse auf dem Tisch. Oft auch wöchentlich. Und als Ilse an Krebs erkrankte, pflegte er sie aufopferungsvoll. Anderthalb Jahre. Bis sie am 26.September 2007 ihre Augen für immer schloß und von ihrem Leiden erlöst wurde. Das letzte gemeinsame halbe Jahr war dabei besonders herausfordernd. Aber Albert wollte diesen Liebesdienst bis zuletzt tun. Auch nachdem Ilse verstorben war, stellte sich Albert regelmäßig einen kleinen Rosenstrauß auf den Tisch. Er sollte ihn an Ilse erinnern.

Albert nahm aber auch wieder aktiv am Leben teil. Über eine gute Bekannte wurde er in den AWO-Kreis eingeführt. Nahm hier an Veranstaltungen und Unternehmungen teil. Es ging ihm wieder relativ gut. Auch gesundheitlich ging es Albert recht gut für sein Alter. Er war fit. Ist gerne und täglich Fahrrad gefahren. Immer zwischen drei und zehn Kilometer. Nichts deutete darauf hin, dass sein Leben so bald zu Ende gehen sollte.

In der Karnevalszeit 2010, am 11. Februar, an Altweiber, nahm er an einer Veranstaltung teil, die von der AWO angeboten wurde. Als diese Feier am Abend zu Ende war, ist noch ganz normal nach Hause gegangen. Wahrscheinlich hat ihn dann noch vor dem Schlafengehen ein sogenannter Sekundentod ereilt. Gefunden wurde er in seiner Wohnung erst am 15. Februar. Und so ist dieser 15. Februar 2010 als offizieller Zeitpunkt seines Lebensendes festgesetzt worden. Wenngleich es zwischen dem 11. und 15. Februar passiert sein muss.

Letztlich ein Tod, wie ihn sich viele wünschen. Von einem Moment auf den anderen. Eigentlich mitten aus dem Leben. Ohne wirkliche Leidenszeit. Und alles in allem, nach einem schönen und auch erfüllten Leben. Aber trotz dieses Bewusstseins ist da natürlich eine große Traurigkeit. Es ist eine riesige Lücke entstanden für die Menschen seines täglichen Umfeldes. Die Stimme eines lieben Menschen ist verstummt.

Max (Enkel von Albert)

Max Bartsch wurde am 14.September 1996 als Sohn und zweites Kind des damals noch Ehepaares Andrea und Peter „Pit" Bartsch in Duisburg geboren. Seine Schwester Pia erblickte zwei Jahre vor ihm das Licht der Welt und sorgte von vornherein mit dafür, dass es in seinen Kinder- und Jugendjahren nicht langweilig wurde. Als Bruder und Schwester waren die beiden ein „Herz und eine Seele". Bis zuletzt. Haben sich auch gerne gegenseitig „genervt". Geärgert im positiven Sinne. Wenn Pia nach Hause kam, platzte sie am liebsten in sein Zimmer, unterbrach ihren Bruder beim „Chillen" und erzählte etwas von ihrem Tag. Obwohl selbst auch Motorradfahrerin, ist sie auch oft und gerne als Sozius bei Max mitgefahren.

Max war ein Sonnenscheinkind. In seinen frühen Jahren und in seinen späten Jahren. Und doch konnte man immer sagen: „...in seinen jungen Jahren." Mit schelmischem Blick und dem „Schalk im Nacken". Immer zu Späßen aufgelegt. Auch ein „KletterMAX", der von frühester Jugend an gerne Dinge ausprobiert hat. Bei Ausflügen jede Gelegenheit nutzte, um irgendwo hochzuklettern. Besonders im Kettelerhof bei Haltern. Max hatte ein super Gleichgewichtsempfinden. All die Jahre. Was sich beim Wakeboardfahren auf der Wasserskianlage, beim Skifahren, beim Snowboardfahren und dann auch beim Motorradfahren zeigte. Nur logisch, dass er dann auch eine echte Sportskanone wurde und war. Im Schwimmverein, bei der Leichtathletik, im

Wasserball. Bis kurz vor seinem 18.Geburtstag spielte er noch aktiv Wasserball beim bekannten Duisburger Verein „DSV 98".

Max kannte aber auch seine Grenzen. „Männlein", wie seine Mutter Andrea ihn von frühester Kindheit an genannt hatte und bis zuletzt nennen durfte, hat auch gerne gepennt. Er war gerne ausgeruht. Wenn er wusste, dass er früh raus muss, ging's auch früh ins Bett. Max konnte sehr diszipliniert sein. Da er allergisches Asthma hatte, das bei ihm im Alter von drei Jahren diagnostiziert wurde, konnte und durfte er nicht alles essen. Tat er auch nicht! Max war fähig, Verantwortung für sich selbst zu übernehmen. Aber auch für andere.

Max hatte einen ausgeglichenen Charakter. Er war ein ruhiger, hilfsbereiter Junge und junger Mann, der immer freundlich war und auch für andere da war. Ausgestattet mit einem großen Gerechtigkeitsempfinden. Während seiner Schulzeit hat sich Max immer wieder für Mobbingopfer eingesetzt und engagiert.

Auch die Trennung seiner Eltern, als er 13 Jahre jung war, hat Max gut verarbeitet. Diese ging glücklicherweise in Frieden und ohne „Rosenkrieg" vonstatten.

Zusammen mit seiner Schwester Pia hat Max sich entschlossen, weiterhin beim Vater, bei Pit, im Haus am Klettenweg im Duisburger Süden, in Hüttenheim zu leben. Aber auch bei der Mutter hat Max gerne übernachtet oder Wochenenden verbracht. Das gute Verhältnis blieb zu beiden. Wenn sein Vater manchmal außer Haus war, im Urlaub, hat Max zusammen mit seiner Schwester Pia Zuhause den Laden geschmissen. Kein Stress.

Nach erfolgreichem Abschluss seiner Schulzeit, befand sich Max seit zwei Jahren in einer beruflichen Ausbildung zum „Konstruktionsmechaniker" bei dem Unternehmen Union Stahl. Er war gerade ins dritte Ausbildungsjahr gewechselt, nachdem er bei seiner Zwischenprüfung das beste Ergebnis innerhalb seines Ausbildungsbetriebes Union Stahl hingelegt hat. Eine Verkürzung der Ausbildungszeit aufgrund seiner guten Leistungen stand in Aussicht. Auch hier war Max hier angesehen. Seine Ausbilder und Vorgesetzten beschrieben Max als Menschen, der überall nur Freude verbreitet hat und für gute Stimmung gesorgt hat. Zudem tolle Arbeitsergebnisse abgeliefert hat.

Die hat er auch in dem Unternehmen abgeliefert, in dem seine Mutter Andrea arbeitet. Während seines Urlaubs im Ausbildungsunternehmen hat er hier quasi im „Ferienjob" gearbeitet, den Andrea ihrem „Männlein" besorgt hat. Sehr gewissenhaft und hat auch hier schnell die Herzen der Belegschaft erobert.

Dort hat sich Max noch ein bisschen extra Taschengeld verdient, um sein großes Hobby, das Motorradfahren, zu finanzieren. Mit dem Motorradfahren teilte er dasselbe Hobby und dieselbe Leidenschaft wie sein Vater Pit. Beide sind Motorradfreaks. Wie auch seine Schwester Pia. Gerne ist sein Vater Pit mit jeweils einem seiner Bikes am Sonntag zu „Ausritten" unterwegs. Alle paar Jahre mit seinen Freunden zu einer Wochentour in den Alpen unterwegs und jedes Jahr ein Wochenende im Sauerland. Max war zuletzt immer öfter dabei. Aber auch mit seinen Freunden war Max gerne bikemäßig unterwegs. Mit Tobi, seinem besten Freund. Oder mit Simon, Jenny und

Ole. Und wenn diese gemeinsam chillten, war auch Julia gerne dabei, Jennys 15jährige Schwester. Sie mochte Max besonders. Aber Max stand irgendwie noch nicht der Sinn nach einer Freundschaft. Da hatte er nach seinem Empfinden keine Zeit für, wie er seinem Vater Pit anvertraute.

Pit hatte als erfahrener Motorradfahrer natürlich ein besonderes Augenmerk auf seinen ebenfalls motorradfahrenden Sohn. Für seinen Vater war Max ein guter Motorradfahrer, kein Raser, mit einer „Super Linie" – da kam dann sicherlich auch Max hervorragendes Gleichgewichtsgefühl zum Tragen – der sich auch mehr und mehr an eine extreme Schräglage herangetastet hat und ab und an auch schon mal den „Hangover" gemeistert hat. Auch wenn das sehr wild anmutet, aber Max ging keine Risiken ein, war sich immer sicher, dass er die Dinge auch im Griff hat. Hatte er auch. Auch den „Willy", das „Fahren auf dem Hinterrad", den und dass er aber auf Betreiben seines Vaters nicht im öffentlichen Straßenverkehr machte bzw. vollführte.

Im Sommer 2016 bot sich für Max die Möglichkeit im Urlaub in den Alpen Motorrad zu fahren. Mit Tobi, seinem besten Freund und dessen Vater. Es ist etwas Besonderes, dieses „Alpenfahren". Max hat es sehr genossen. Noch mit seiner alten Maschine. Einen Tag nach seinem 20. Geburtstag, am 15. September, hat Max dann seine 750er GSR abgeholt. Seine Traummaschine, die er sich mit Unterstützung seines Vaters leisten konnte und durfte. Die fuhr er auch am Sonnabend, den 24.September.

An diesem Tag wäre er früh schlafen gegangen, weil er am darauffolgenden Sonntag früh hochwollte. Die

Premierenfahrt mit der Harley-Davidson seines Vaters Pit stand an. Und mit seiner Schwester Pia wollte er dann etwas später noch ausfahren und den „Willy" üben. Die SMS von Pia, wegen des Zusammenfahrens hat ihn aber schon nicht mehr erreicht.

Am 24. September war er mit seinen Motorradfreunden Simon, Jenny und Ole mit seinem Motorrad unterwegs. Sie wollten nur noch Döner holen und dann bei Jenny in der Hütte chillen, wie sie es so oft gemacht hatten. Dabei wählten sie einen wenig befahrenen Wirtschaftsweg zur Hütte. Hier verlor Max irgendwie die Kontrolle über seine Maschine und den daraus resultierenden Aufprall gegen den einzigen Mast an dieser Stelle überlebte er nicht.

Es war Riesenschock für alle, die ihn kannten. Und ganz besonders für die Freunde, die das miterleben mussten. Wieso Max? Wieso ein so toller junger Mann? Wieso so früh? Diese Fragen stellten sich so viele in den Tagen danach. Konnte Gott nicht besser auf ihn aufpassen? Seine Schwester Pia hat in ihrer Trauer ein „schönes Bild" gefunden, wenn man das mal so sagen darf:

„Wenn Du ein Feld voller Blumen vor Dir hast und Dir welche pflücken darfst, welche Blume(n) würdest Du pflücken?" (Sicherlich die Schönsten!)
Sicherlich ein schönes Bild, ein tröstendes Bild. Auch wenn es die entstandene Lücke nicht füllt. Am 24.September 2016 endete das Leben von Max Bartsch auf dieser Erde. Von einem auf den anderen Moment. Unvorbereitet. Viel zu früh.

Blacky

Wolfgang-Ludwig, um einmal seinen offiziellen Ausweis-Namen zu nennen, allgemein aber als BLACKY bekannt, er selbst hat sich auch immer mit diesem Namen vorgestellt, wurde im August 1944 in Oldenburg, in Schleswig-Holstein geboren. Zusammen mit zwei Schwestern wuchs er hier auf, erlebte hier seine Kinder- und Jugendjahre.

Nachdem er seine Schulzeit beendet hatte, begann Blacky eine Lehre zum KFZ-Mechaniker, die er auch erfolgreich abschloss. Seine anschließende Bundeswehrzeit absolvierte als „Grenzjäger Küste". So ist es in seinen Papieren vermerkt.

In das Ruhrgebiet verschlug es Blacky als bereits junger Erwachsener. Seine Familie zog nach Mülheim a. d. Ruhr und er zog mit.

Blacky war einmal verheiratet in seinem Leben. Der Ehe mit Erika war aber kein Bestand auf Dauer vergönnt und 1988 wurde sie wieder geschieden.

In dieser Ehe wurde Blackys einziges Kind, seine Tochter Conny geboren.

Die beiden hatten ein gutes Verhältnis, waren eng verbandelt und haben sich oft und regelmäßig gesehen und Gemeinschaft gehabt. Noch am Abend des Nikolaustages 2013, am 6. Dezember war er auf Connys Geburtstagsparty.

Nach seiner Scheidung lernte Blacky Kristin kennen, mit der er 12 Jahre zusammenblieb. Kristin brachte damals ihre noch sehr jungen Töchter Evelyn und Marita mit in diese Verbindung. Blacky kümmerte sich auch um die beiden, wurde zu einer Art Vaterersatz. Hat sie auch nach der Trennung von Kirsten noch begleitet. Die beiden erinnern sich immer noch gut an die Songs der „Peter Maffey – Cassette", die während der gemeinsamen Autofahrten meistens lief.

Beruflich ließ sich Blacky zum KFZ-Mechaniker ausbilden, aber seine eigentliche Berufung sah er nicht darin. Jedenfalls nicht hauptsächlich. Die sah er in anderen Dingen. In der Musik z. B.. Darin, als DJ mit seinem „Musikexpress" Leute auf Veranstaltungen zu unterhalten und Veranstaltungen zu moderieren. Gerne und oft in einem Tanzcafé namens „Korso". Doch seine handwerkliche Ausbildung kam ihm zugute, um zuletzt den Lebensunterhalt für sich und früher auch für die Familie zu verdienen.

Für ein festes Beschäftigungsverhältnis als Angestellter aber war Blacky zu freiheitsliebend. Zu sehr Persönlichkeit, um sich irgendjemanden unterzuordnen. Blacky brauchte Freiraum. Den fand er früher mit seiner eigenen Werkstatt. Blacky liebte Porsche und hat sich von daher auf diese Fahrzeug-Spezies spezialisiert. Fuhr natürlich auch selbst einen. War sich aber auch nicht zu schade, auf einen VW-Käfer umzusteigen oder einen VW-Bully. In der Zeit, in der er Verantwortung für seine Familie trug. Diese Fahrzeuge waren dann doch etwas günstiger. Allerdings: Ein Porsche-Motor im VW-Käfer musste schon sein. Später hat Blacky sich dann auf VW-Käfer spezialisiert. Hat alte aufgekauft, sie restauriert und dann wieder weiterverkauft.

Blacky war ein sehr sportlicher Mann. Vor der Geburt seiner Tochter hat er Autorennen gefahren und war als Boxer im Ring aktiv. Diese Sportarten gab er auf.

Gerne fuhr Blacky früher mit seiner Familie im Urlaub nach Holland an die See, an das Meer. Mit einer befreundeten Familie und zwei Segelbooten. Blacky war dann oft auf dem Ijsselmeer unterwegs. Auf weitere Reisen hatte Blacky nicht wirklich Bock. Hatte es auch nicht so mit dem Fliegen.

Bis zuletzt war Blacky in Action. „Freischaffender Künstler", das gab er zu Protokoll, wenn er zu seinem Beruf, seiner Profession befragt wurde. „Überlebenskünstler" konnte man nach Überzeugung seiner Tochter Conny das ein und andere Mal dazu setzen. Blacky hat sich durchaus öfters neu erfunden. Blacky hat sein Leben gelebt in allen Facetten. Er war freiheitsliebend, er war stolz, er war stur, er war total herzlich. Ein Freigeist. Und wer es in sein Herz geschafft hatte, der blieb auch drin. Blacky hatte einfach eine starke Aura. Als echte Persönlichkeit natürlich auch Präsenz, wenn er auf der Bildfläche erschien.

Seine Werkstatt behielt er bis zuletzt, wenngleich sie die letzten Jahre mehr oder weniger als Hobby betrieben wurde. VW-Käfer hat er nach wie vor restauriert, half hier aber auch oft Freunden, wenn sie Probleme mit ihrem Fahrzeug hatten. Der Freundeskreis von Blacky, viele Freundschaften bestanden bereits seit Jahrzehnten, hat sich an und in der Werkstatt aber oft auch einfach so getroffen. Es war ihr „Hangout". Im Sommer hat man gerne gemeinsam gegrillt.

Ab und an ist Blacky für eine Spedition, die auf dem Gelände ihren Standort hat auf dem sich seine Werkstatt befindet, auch immer wieder mal LKW gefahren.

Am liebsten aber war Blacky DJ und mit seinem MUSIKEXPRESSunterwegs, bei dem er auch die Technik selbst erstellt hat. Unvergessen bleibt seiner Tochter Conny und ihrem Ehemann deren eigene Hochzeit, bei der sich Blacky als DJ und Moderator selbst übertroffen hat.

Blacky liebte das, was er tat. Und wenn er einmal gehen sollte, so wollte er in seiner Werkstatt bei der Arbeit tot umfallen. So hat er es immer wieder geäußert.

So ist es gekommen. Noch am 6. Dezember war er auf der Geburtstagsfeier seiner Tochter. Ging allerdings früher als üblich. Am Morgen des 7. Dezember war er wieder in seiner Werkstatt. Mit Freunden, denen er wie üblich helfen wollte. Als seine Freunde kurz weggingen, um etwas zu besorgen, fanden sie Blacky bei ihrer Rückkehr leblos vor. Er war tot umgefallen, in seiner Werkstatt, bei der Arbeit.

Wie er es sich gewünscht hatte und wie es sich eigentlich jeder wünscht:

Von jetzt auf gleich, mitten aus dem Leben, ohne lange Leidenszeit.

An diesem 7. Dezember 2013 endete das Leben von Blacky auf dieser Erde.

Sascha

Sascha, von Freunden auch „Sasch" genannt, von der Mutter ab und an „Knuddelbär", wogegen er bis zuletzt nichts hatte. Sascha wurde im Februar 1987 in Oberhausen geboren. Sein älterer Bruder Torben sorgte dafür, dass nicht nur in seinen jungen Jahren keine Langeweile aufkam. Aufgewachsen ist Sascha nach dem Umzug der Familie in Dinslaken. Der Stadtteil Hiesfeld wurde sein Zuhause.

Nach dem Abschluss seiner Schulzeit absolvierte Sascha eine berufliche Ausbildung im Bereich der Bürokommunikation, die er erfolgreich abschloss. Zuletzt war er Projektentwickler im Signal- und Anlagenbau, bei einem Oberhausener Unternehmen. Hier hatte Sasch sein Hobby zum Beruf gemacht. Schon von Jugend an hatte er Interesse an IT, an Computern. Teilte dieses Interesse mit seinem Freundeskreis. Sasch war auch gerne, wie viele junge Menschen seiner Generation, in der virtuellen Welt der Computerspiele unterwegs. Dadurch hatte er einen großen Bekanntenkreis. In diesem Netzwerk entwickelte sich auch die Freundschaft zu seinen beiden besten Freunden Frank und Andreas.

Eher zufällig wurde Saschas musische Begabung entdeckt, die ihn zum Klavierspiel brachte. In Kinderjahren daddelte er auf einer Kirchenorgel herum und jemand, der es hörte und auch einschätzen konnte, gab den Eltern den Tipp, ihm Klavierunterricht zukommen zu lassen. Und so spielte Sascha seit seinem 8. Lebensjahr Klavier. Sasch spielte gut und nannte natürlich auch ein Klavier sein Eigen. Es fiel ihm leicht zu lernen. Vieles fiel ihm zu.

Aber auch gegenüber „Old-School-Gesellschaftsspielen" war Sascha nicht abgeneigt. Diese spielte er oft mit seinen Großeltern aus der Lüneburger Gegend, mit denen er oft zusammen im Urlaub war. Mit Oma und Opa aus Lüneburg und seiner Familie. Oft auch „nur" mit seiner Mutter und den Großeltern. Im Sommer gerne im Süden: In Spanien, Portugal oder Italien. Im Winter ging es regelmäßig zum Skilaufen nach Österreich. Am liebsten in sein Lieblingsskigebiet: Ischgl. Jedoch nicht wegen des Rummels, den man mit Ischgl verbindet, sondern rein aus Vergnügen am Skifahren und am Skigebiet. Bereits seit seinem 5. Lebensjahr war Sascha auf Skiern unterwegs.

Sascha lebte bis zuletzt im elterlichen Haus. Er war ein hilfsbereiter Mensch. Besonders hat das seine Mutter wahrgenommen, die einen engen Draht zu ihm hatte. Er half gerne. Sonntags beim Tischdecken beispielsweise oder beim Kuchenbacken. Sasch war besonders kulinarischen Genüssen nie abgeneigt. Hat gerne selbst Pizza gebacken.

Sascha hatte einen tollen trockenen Humor, der ihn auch in seiner Krankheit nicht verließ. Der Krankheit, die sein Leben nicht nur verändern sollte, die ihm im Letzten auch keine Chance ließ. Im September 2013 wurde bei Sascha eine Krebserkrankung diagnostiziert, die auch bereits Metastasen gestreut hatte. Seitdem war er auch wirklich sichtbar krank, hat viel gelegen. Aber Sascha hat diese Krankheit angenommen, hat nicht geklagt, hat viel ertragen. Immer wieder standen Operationen an. Sascha hat gekämpft. Für sich selbst, seine Familie, seine Eltern, seinen Bruder, seine Freunde. Eine Zeit des Hoffens und des Bangens. Des Auf und Ab.

In guten Phasen ging Sasch mit seinem Bruder Torben und den Freunden Ben und Basti auch immer noch gerne ins Kino. Am liebsten in die Spätvorstellung. Wenn nicht so viele Menschen dort waren. Die Krankheit, insbesondere die Medikamente, hatten im Laufe der Zeit auch sein Äußeres verändert. Und jedem wollte er sich nicht zeigen. Zum letzten Mal im Kino war er am Silvesterabend 2014.

Sasch ging auch mit seiner Krankheit immer noch gerne „Ströppen", wie er es nannte. Kleine Abenteuerspaziergänge im Sommer durchs Gelände machen. Mit Torben, seinem Bruder und Freunden. Gerne am Rotbach, im Sandbecken. Meist war Sasch mit Flip-Flops und Shorts nicht wirklich optimal angezogen fürs „ströppen", aber diese sorgten für viele humorvolle Situationen während dieser Geländegänge, die oft mit einem gemeinsamen Pizzabacken beendet wurden, um die Aktivität kulinarisch ausklingen zu lassen.

Irgendwann wurde es deutlich, dass Sascha den Kampf gegen den Krebs nicht gewinnen würde. Seinen letzten Geburtstag hat er noch bewusst gefeiert. Kam dann aber in die Uni-Klinik nach Essen, in der er während seiner gesamten Krankheitsphase betreut wurde. Hier in der Uni-Klinik verbrachte Sasch die letzten Wochen auf der Palliativ-Abteilung. Begleitet und immer wieder besucht von seiner Familie und seinen

Freunden. Ganz treu an seiner Seite war immer seine Mutter, die ihn bis zuletzt begleitete und auch dort schlief. In ihrem Beisein ist er dann am 22.März 2015 im wahrsten Sinne des Wortes friedlich eingeschlafen.

Luzie

Luzie wurde im August 1926 im zu Duisburg gehören-
den Stadtteil Hamborn geboren. Ein echtes Duisburger Mädel, ein Kind des Ruhrgebietes. Mit ihren drei
Brüdern und zwei Schwestern ist sie in Hamborn groß
geworden. Ein besonders enges Verhältnis hatte sie zu
ihrer Schwester Wanda. Die Irrungen und Wirrungen
des Naziregimes in Deutschland und der daraus resultierende 2. Weltkrieg hatten auch Einfluss auf ihr damals junges Leben. Zwei Ihrer Brüder sind als Soldaten
im Krieg gefallen. Frühe Verlusterfahrungen, die es zu
verarbeiten galt.

Eine klassische Berufsausbildung hat Luzie nicht absolviert. Wie viele Frauen ihrer Generation. Als Hausfrau und Mutter war sie nicht berufstätig, wenngleich
gut beschäftigt! Die Liebe ihres Lebens und der Mann
fürs Leben begegnete Luzie mit Stefan. 1948 haben die
beiden in Hamborn geheiratet. 43 gemeinsame Ehe-
jahre waren beiden vergönnt, als Stefan, der 20 Jahre
älter war als Luzie, verstarb. Natürlich eine Zäsur. Doch
Luzie fand wieder in den Alltag zurück. Geheiratet hat
sie aber nicht wieder. Ist auch keine neue Partnerschaft
eingegangen. Nach dem Tod von Stefan führte Luzie ein
bescheidenes, aber auch ein zufriedenes Leben.

In der Ehe mit Stefan wurden ihre beiden Töchter
Erika und Marianne geboren.

Aus dem Ehepaar wurde eine Familie. Und aus Luzie
eine liebevolle Mutter, die in erster Linie, zusammen
mit ihrem Ehemann Stefan, für ihre Kinder da war.

Luzie war in ihrem Wesen ein herzensguter und hilfsbereiter Mensch. Sie war sehr gesellig, gerne mit Freunden und Familie zusammen.

Mit Stefan zusammen hat sie keine großen Reisen unternommen. Ab und an ging es mal zu Verwandtschaftsbesuchen nach Polen. Das Reisen holte Luzie dann aber nach. Mit Freundinnen war sie auf Mallorca. Gerne hat sie auch an mehrtägigen Bustouren teilgenommen. Luzie engagierte sich im Reichsbund, kegelte gerne, ging zum Frauentreff in die katholische Kirchengemeinde. Sie war halt gesellig und hatte gerne Menschen um sich. Spielte sehr gerne und gut „Mensch ärgere dich nicht".

Nach einer schweren Erkrankung entschied sich Luzie in eine Senioreneinrichtung zu gehen. In einem Seniorenzentrum der Caritas fand sie ein neues Zuhause. Dort wollte sie zunächst kein Einzelzimmer belegen. Da sie gesellig war, wünschte sie sich eine Zimmergenossin. Da Luzie tagsüber eh nicht im Zimmer war, sondern im Haus unterwegs war, war sie der Meinung, dass es dann am Abend gut wäre Gemeinschaft zu haben. Schließlich stellte sie aber doch fest, dass ein Einzelzimmer so seine Vorteile hat. Traute sich aber nicht, dies direkt gegenüber der Heimleitung anzusprechen. Erst als der Heimleiter, Luzie und ihre Tochter Erika einmal zusammenstanden, meinte Luzie zum Heimleiter: „Meine Tochter möchte gerne mal mit ihnen sprechen". Auch wenn Erika von dieser spontanen Gesprächsvermittlung überrascht wurde, sprach sie dennoch mit der Heimleitung und Luzie bekam ihr eigenes Reich.

Das Leben im Seniorenheim war aber nicht immer leicht für Luzie. Ihre Eigenständigkeit wurde ja eingeschränkt. In den Anfangsjahren nahm sie noch an vielen Veranstaltungen teil. Denn alleine sein wollte sie ja nicht, sondern unter Menschen sein. Besonders liebte sie BINGO und die Ausflüge.

In ihren letzten Jahren wurde Luzie dann aber ruhiger. Ihr Wesen veränderte sich etwas. Auch gesundheitlich wurde es problematischer. Luzie erlitt zuletzt mehrere Schlaganfälle. Der letzte lähmte ihre rechte Körperseite. Das Sprechen war nun nicht mehr möglich. Immer wieder war die Familie bei ihr. Als Luzie an einem Novembertag nach 88 Jahren ihre Augen für immer schloß, war sie nicht alleine. Ihre Tochter Erika war bei ihr.

Heinz

Heinz wurde am 2. Weihnachtsfeiertag 1942 in Duisburg geboren. Mitten in der Zeit des 2. Weltkrieges. Ein echter Duisburger Jung. Seine ältere Schwester Hilde begleitete seine Kinder- und Jugendjahre.

Heinz lebte ein Duisburger Leben. Seine Geburts- und Heimatstadt sollte zeitlebens sein Zuhause bleiben. Wenn auch an unterschiedlichen Plätzen der Großstadt gelebt wurde. Von Hochfeld über Stadtmitte ging es schließlich nach Bissingheim, der kleinen, aber feinen Eisenbahnersiedlung am Rande des Duisburger Südens in schöner Natur. Hier konnte auch der Traum vom Eigenheim für seine Familie und sich verwirklicht werden.

Nach Abschluss einer ersten Schulphase absolvierte Heinz eine berufliche Ausbildung zum Elektriker bei den Stadtwerken Duisburg. Die berufliche Endstation war dies noch lange nicht. Auf der Abendschule qualifizierte sich Heinz weiter, machte seinen Abschluss als Elektrotechniker und ging dann in den Bereich der Zahntechnik bzw. Dentaldepots. War als Techniker, Verkäufer und Planer in sogenannten Dentaldepots tätig. Serviceunternehmen für Zahnarztpraxen, in denen es alles gibt, was für Zahnarztpraxen wichtig ist. Vom Patientenstuhl bis zu den notwendigen Werkzeugen. Heinz war hier auch viel im Außendienst aktiv. Gerne und erfolgreich. Für diverse bekannte Unternehmen der Branche. Heinz machte Karriere, war beliebt bei Kunden, Arbeitskollegen und Chefs. Auch nach seinem Eintritt in die Rente mit 65 Jahren hielten die Kontakte. Kunden riefen immer wieder mal an. Mit ehemaligen Kollegen traf er sich einmal im Monat zu geselligen Runden und bis zuletzt ging er zusammen mit seiner Ehefrau Ilse einmal die Woche essen mit den Inhabern eines dieser Unternehmen.

Ilse war die Liebe seines Lebens und die Frau fürs Leben. Begegnet sind sich bereits einige Male, bevor gegenseitige Liebe Besitz von ihnen ergriff. Vor allem Ilse kannte ihn vom Sehen und schon da hat er ihr sehr gefallen. Dann begegneten sich die beiden in einem Lokal und Ilse wurde aktiv und sprach ihn an. Von diesem Moment an waren sie zusammen, waren ein Paar. Ein verliebtes und aktives Paar, das sich dann auch getraut hat. Am 1.April 1971 wurde in Duisburg Hochzeit gefeiert. Ein Aprilscherz, könnte vielleicht mancher meinen, aber ein Aprilscherz, der 44 Jahre lang gehalten hat. Tochter Carina war damals bei der Hochzeit gewissermaßen schon dabei. Sie machte kurze Zeit später aus dem glücklichen Ehepaar auch eine kleine und genauso glückliche Familie.

Seine Ilse erlebte ihren Heinz nie mit schlechter Laune. Es fiel nie ein böses Wort ihr gegenüber. Und bis zuletzt schrieb Heinz ihr regelmäßig Liebesbriefe. Manchmal auch „nur" kleine Liebesbotschaften, aber mit wertvollen Inhalten.

Urlaub verbrachte man als Familie in den frühen Jahren gerne auf Texel. Zehn Jahre lang. Dort zelteten Heinz, Ilse und Carina gerne. Später ging es auch in wärmere Gefilde, nach Lanzerote oder Fuerteventura. Auch Städtereisen nach Paris oder Prag genoß man gemeinsam. Zuletzt war Heinz dann aber am liebsten Zuhause.

Vor einigen Jahren traten zwei neue Frauen in das Leben von Heinz: Michaela und Daniela. Seine beiden Enkeltöchter, die ihn zum stolzen zweifachen Opa machten. Für sie war er „der ‚Oppa', der zu Ostern Eier legen konnte". Aber auch nur für die beiden und nur an Ostern. Eine geheimnisvolle Erinnerung, die die beiden teilen. Nur als Nikolaus wurde er an seinen Schuhen erkannt.

Als Tierfreund hatte Heinz auch einen Hund im Haus. Und auch wenn die Erfahrung mit Rottweiler „Acker" nicht nur positiv war und dieser irgendwann nicht zu halten war, gab Vater Heinz dem Wunsch seiner Tochter Carina nach und mit der Schäferhündin „Mona" kam ein neuer Vierbeiner ins Haus, mit dem es einfacher wurde

Heinz war ein dem Leben und den Menschen zugewandter Mann, der das, was er tat, gerne tat. Der auch gerne feierte. Und wenn er auf Geschäftsreise war und man tagsüber gut gearbeitet hatte, durfte am Abend auch gut gefeiert werden. Ansonsten ging er nie ohne seine Ilse aus. Heinz mochte Musik, die er gerne und gerne auch laut gehört hat.

Zudem liebte Heinz seine motorisierten Gefährten: Die „Susi", das Suzuki-Motorrad, für das er noch mit 50 Jahren den Motorradführerschein machte. Gefahren ist er damit, bis ihn ein Bandscheibenvorfall stoppte. Oder seinen VW-Touareg, den er sich einfach mal gegönnt hat und den ihm auch seine Frau gegönnt hat.

Trödelmärkte waren seine Leidenschaft, die er gerne mit seiner Ilse besucht hat.

Heinz hatte ein gutes Auge beim Einkauf, gepaart mit einem guten Geschmack.

Die stilvolle Einrichtung der Zimmer im eigenen Hause, in dem manches wertvolle Stück steht, zeugen davon.

Heinz war auch ein sehr geschickter Handwerker. Zu seinem weiteren großen Hobby zählte der Garten, in dem er aktiv war und in dem auch gerne gegrillt wurde.

Seiner Ilse schrieb Heinz bis zuletzt nicht nur immer wieder gerne Liebesbriefe. Er kümmerte sich auch rührend um alle Belange, als sich bei ihr gesundheitliche Probleme einstellten, die sie gemeinsam gut meisterten.

Das Leben hätte für Heinz und seine Lieben gut und gerne noch einige Jahre so weitergehen dürfen. Es deutete nichts wirklich darauf hin, dass sich seine Lebensspanne so bald und vor allem so plötzlich dem Ende entgegen neigen sollte.

Ein Sonntag, Anfang Oktober, verlief normal. Heinz verbrachte diesen Tag mit seiner Ilse in gewohnter Manier. Man war zusammen, trank Kaffee, aß zusammen zu Abend, bis Heinz ein Unwohlsein äußerte und der Notarzt und ein Krankenwagen gerufen werden musste. Er konnte sich sogar noch alleine auf die Sitztrage setzen. Doch geholfen werden konnte Heinz nicht mehr. Noch im Krankenwagen verstarb er.

Für alle die es unmittelbar erlebten, mehr als ein Schock. Eine große Tragödie.

Auch wenn sich viele Menschen so ein Ende wünschen: von jetzt auf gleich, ohne Schmerzen und Leidenszeit, mitten aus dem Leben, aus einer schönen Situation heraus. Doch für die, die zurückbleiben, ist das nur ein schwacher Trost. Eigentlich eine große Tragödie, deren Endgültigkeit schmerzt. Am ersten Oktobersonntag des Jahres 2015 endete so das Leben von Heinz auf dieser Erde.

Gotthard

Gotthard Franz, wie sein vollständiger Name lautet, aber allgemein Gotthard genannt, kam am letzten Augusttag des Jahres 1923 in Oberhausen zur Welt. Als erstes gemeinsames Kind seiner Eltern, aber als drittes Kind seines Vaters, der bereits einmal verwitwet war. Seine beiden älteren Brüder Heino und Eberhard sowie sein jüngerer Bruder Heinz sorgten für abwechslungsreiche Kinder- und Jugendjahren. Gotthards Vater August war der Begründer eines Bauunternehmens, das bereits in dritter Generation seitens der Familie geleitet wurde.

Doch die beruflichen Wege des jungen Gotthard gingen zunächst in eine ganz andere Richtung. Nach dem Abitur begann er, noch während der 2.Weltkrieg in Deutschland in vollem Gange war, ein Studium der Medizin in Bonn und absolvierte in den Nachkriegsjahren seine Facharztausbildung zum Internisten an der Universitätsklinik in Düsseldorf. Sein damaliger Professor war dann auch gleichzeitig sein Doktorvater und hat ihn bis zur Promotion begleitet. Sein Doktorvater folgte später einem Ruf nach München und hätte Gotthard, der mittlerweile promoviert und seinen Doktortitel hatte, auch gerne als Mitarbeiter dorthin mitgenommen.

Doch Gotthard war ein Kind des Ruhrgebietes, das er liebte. Ausgestattet mit einem grundständigen, bodenbehaftetem Wesen, entschied er sich dafür, sich in Oberhausen niederzulassen und eine Internistische

Praxis zu eröffnen. Jedoch stellte sich heraus, dass er auf Dauer mit dieser Entscheidung nicht glücklich war. Die Medizin und sein Fachgebiet waren nicht das Problem, sondern eher die vielen Menschen, mit denen er ständig zu tun und auf die er sich einzustellen hatte. Letztlich wohl auch die zwangsweise Oberflächlichkeit in diesen Begegnungen. Die Forschung im Bereich der Medizin wäre mehr sein Ding gewesen. Gotthard war nicht menschen- und kontaktscheu, andererseits aber auch nicht leutselig. In seinem Leben pflegte er wenige, dafür aber richtig enge und tiefe Freundschaften. Einer dieser engen Freunde war Wolfgang, mit dem er zusammen Medizin studiert hatte und mit dem er auch die Leidenschaft für Kunst geteilt hat. Beide waren hier in gewisser Weise auch Kunstschaffend aktiv, haben selber restauriert und Bilder gerahmt. Haben sich gegenseitig in der Kunstleidenschaft so sehr vertraut, dass man auch den jeweils anderen für sich an einer Auktion teilnehmen ließ, um sich seine eigene Kunstsammlung mit den richtigen Objekten bereichern zu lassen.

Die Entscheidung, sich als Internist mit eigener Praxis niederzulassen, befriedigte ihn beruflich also nicht. Und so fiel es ihm auch nicht wirklich schwer, 1963 dem Ruf seines Vaters in das familieneigene Bauunternehmen zu folgen und dort zunächst für den kaufmännischen Bereich Verantwortung zu übernehmen. Gotthard war dann einer der ersten, die in Bauunternehmungen mit Unterstützung von EDV, von Computern arbeitete. Damals noch programmiert mit Hilfe von Lochkarten. Er hat damals selbst eine Software fürs Unternehmen entwickelt und somit letztlich ja auch für die Bauindustrie.

Nach dem Tode seines Vaters übernahm er in der zweiten Hälfte der 1960er Jahre, zusammen mit zwei seiner Brüder und vor allem dem Mitgesellschafter Gerd, der sehr wichtig für das Unternehmen war, die Geschäftsführung und blieb in dieser Funktion bis 1988. War während dieser Zeit auch ehrenamtlicher Handelsrichter in Duisburg. Nachdem sich Gotthard aus der Geschäftsführung, also dem operativen Geschäft zurückzog, war er anschließend noch lange als Beirat aktiv. Und nach der Umwandlung in eine andere Unternehmensform im Aufsichtsrat aktiv.

Gotthard war ein Mann der leisen Töne. „Auf keinen Fall ein Mann der vielen Worte. Aber jedes Wort, das er gesagt hat, hat er auch gemeint." So hat es seine Ehefrau Ingelore einmal formuliert. In der Familie genoss er eine stille Autorität. Seit vielen Jahrzehnten und auch schon unter seinen Geschwistern.

Dabei war es unübersehbar, dass er ein leidenschaftlicher Familienmensch war. Gotthard war großzügig, konnte andere Menschen, insbesondere die Familie, an seinem in gewisser Weise privilegiertem Leben teilhaben lassen. War andererseits aber auch resistent gegen Beratung. Er wollte immer eigene Erfahrungen machen, immer den eigenen Weg austüfteln. Ein Individualist mit Familiensinn.

Wahrscheinlich liegt darin auch der Grund, dass er dreimal den sogenannten „Bund fürs Leben" schloss, was letztlich jeweils ein „Bund für den Lebensabschnitt" war. Zwei seiner Ehen war kein Bestand auf

Dauer vergönnt. In diesen beiden Ehen wurden seine drei Kinder, eine Tochter und zwei Söhne geboren. Und auch nach den Trennungen von den Ehefrauen blieben freundliche Kontakte bestehen. Bis zuletzt. Zu den Kindern sowieso. Er war einfach Familienmensch, der auch seine Enkelkinder sehr liebte. Über sie traten auch in seinen späteren Jahren die weicheren Charakterzüge wieder verstärkt nach aussen.

Seine letzte Ehefrau Ingelore, mit der er im Frühjahr 2012 noch die Silberne Hochzeit, also das 25jährige Ehejubiläum begehen durfte, lernte er auf einer Musikreise, einer musikalischen Kreuzfahrt kennen. Und damit war schon einmal klar, dass sie seine Vorliebe für die Musik und allgemein auch für die Kunst teilte.

Eigentlich lernten sie sich erst zum Ende der Reise kennen. Kamen erst dann in Kontakt. Wenngleich Ingelore, die verwitwet war, diesen interessanten Mann schon vorher bemerkt hatte. Doch irgendwie kam es zu keiner entscheidenden Begegnung. Gotthard war halt nicht unbedingt leutselig. Und wenn er irgendwo Platz nahm, hatte er auch gerne Freiraum um sich herum, sprich keine direkten Sitznachbarn. Nun war bei dem Vortrag auf der Musikreise zur Geschichte des Spinetts, an dem beide teilnahmen, nur noch ein Platz direkt neben Ingelore frei. Also kein Freiraum. „Jetzt setzen Sie sich halt endlich hin, ich beiss doch nicht!" – mit dieser sehr direkten Aufforderung übernahm Ingelore die Initiative und die gemeinsame Geschichte Ihren Lauf.

Im Frühjahr 1987 gaben sich beide, Ingelore und Gotthard, auf dem Standesamt in München, der Heimat von Ingelore, das Ja-Wort. „Beim dritten Mal müssten Sie jetzt eigentlich wissen, wie es geht" – diesen kleinen, humorvollen Rat konnte sich der Bürgermeister, der die beiden traute, gegenüber Gotthard nicht verkneifen. Gotthard hat ihn beherzigt. Und es ist ihm nicht schwergefallen.

Gotthards Leidenschaft für die Kunst galt insbesondere der Malerei und der Musik. Zeitweise hatte er zeitgleich fünf Abos bei unterschiedlichen Konzert- bzw. Opernhäusern. Einmal im Jahr, in der Herbstzeit, lud er zu einer Matinee in sein Haus im Ruhrgebiet ein. Gitarrenkonzerte, Lesungen, insbesondere, aber in der Hauptsache Klavierkonzerte haben nachhaltige Eindrücke bei allen hinterlassen, die das Vorrecht hatten, daran teilnehmen zu dürfen.

Für nachhaltige Eindrücke haben auch die Familienurlaube gesorgt, zu denen Gotthard ab seinem 65. Geburtstag jeweils für eine Woche die gesamte Familie mit Kindern und Kindeskindern eingeladen hat. Immer um seinen Geburtstag herum, also Ende August. Zum ersten Mal nach Rom und dann immer wieder an wechselnde Orte. Zuletzt nach Sylt und an den Tegernsee. Der Tegernsee ist auch so ein Ort, in dem sich Gotthard Bodenständigkeit spiegelt. Schon von Kindheit an ist er gerne dorthin gefahren. Ein echtes Refugium, ein Rückzugsort war zudem Davos. Nach Davos kam er jahrelang regelmäßig zum Skifahren.

Nach einer schweren Operation, bei der seine Nieren geschädigt wurden, war Gotthard sechs Jahre lang Dialysepatient. Dreimal wöchentlich stand die entsprechende Behandlung an. Gotthard fühlte sich aber sehr gut betreut. Die bisher gewohnte Lebensqualität war fortan zwar nur noch eingeschränkt möglich, aber Gotthard machte das Beste aus der Situation. Gerne auch mit Unterstützung seines Elektro-Mobil. Obgleich ihn die körperliche Schwäche zuletzt schon sehr belastet hat.

Jedes Leben, das gelebt wurde, ist es wert, dass es gelebt wurde und dass seine Geschichte erzählt wird. Die Geschichte des Lebens von Gotthard auf dieser Erde endete im März 2012 in einem Hospital in Mülheim a. d. Ruhr.

Mit 88 Jahren ist er in einem Alter gegangen, in dem man sicherlich gehen darf

Nach einem langen, schönen und erfüllten Leben.

Björn

Es ist immer hart, wenn das Leben eines Menschen zu Ende geht. Es ist besonders hart und bitter, wenn es dann zu Ende geht, wenn es eigentlich richtig los gehen sollte. Björn war erst 21 Jahre als er am 24.Juni 2005 ertrank.

"DAß EINER GESTORBEN IST, HEIßT NICHT, DAß EINER GELEBT HAT"

Björn Klinkenberg hat gerne gelebt. Intensiv gelebt. Auch wenn die Musik, die er machte und hörte, auf den ersten Eindruck manchmal eher depressiv und aggressiv wirkte. Vielleicht auch der erste Blick auf seine äußere Erscheinung anderes vermuten ließ. Aber das ist ja das Problem vieler Menschen unserer Gesellschaft, dass man oft nur den ersten Blick wagt und sich vorschnelle Urteile bildet. Nicht gerne tiefer schürft, weil es manchmal anstrengend ist. Und sich auch nicht gerne mit Personen, die anders sind, auseinandersetzt. Björn aber ist ein lebensbejahender Mensch gewesen, der gerne mit Leuten zusammen war und positiv rüberkam.

Björn wurde im Februar 1984 in Duisburg geboren. Auf der Entbindungsstation im Bethesda Krankenhaus schenkte ihm seine Mutter Gaby das Leben. Sein leiblicher Vater Rainer lebte zu diesem Zeitpunkt bereits getrennt von seiner Frau und dann auch Familie. Die Zeit als Kleinkind und auch später erlebte Björn in der Obhut seiner Mutter und später ihres neuen Ehemannes

Thomas. Zu seinem leiblichen Vater gab es während der Kleinkindphase keinen Kontakt. Was einerseits sicherlich schade war, andererseits aber auch den Stress von ihm fernhielt, den Kinder oft aushalten müssen, wenn die Eltern, die auseinander gehen, ihre Machtkämpfe um das Sorgerecht ausfechten. Dieser innere Konflikt blieb Björn erspart. Da haben seine leiblichen Eltern in gewisser Hinsicht weise gehandelt. Später kam dann intensiverer Kontakt zum leiblichen Vater zustande und es entwickelte sich eine gute und solide Beziehung.

Björn besuchte die Gemeinschaftsgrundschule an der Böhmerstraße. Danach wechselte er an die Realschule Süd, an der er auch seinen Abschluss machte.

Anschließend absolvierte er eine handwerklich-künstlerische Ausbildung zum Steinmetz. Sicherlich auch beeinflusst durch den Beruf des Vaters, der als Meister einen eigenen Betrieb leitet. Durch ein Betriebspraktikum motiviert, begann Björn seine Ausbildung in einem Duisburger Betrieb. Obwohl er den Beruf gerne erlernte und die damit verbundenen Tätigkeiten gerne ausübte, hatte er zu seinem Chef ein eher schwieriges Verhältnis. Trotzdem arbeitete Björn nach erfolgreichem Abschluss seiner Ausbildung noch eine Weile in seinem Ausbildungsbetrieb.

Ein großes Thema im Leben von Björn war die Kunst. Musik war sein Leben und gezeichnet hat er schon als Junge gerne und sehr gut. Mit diesen Dingen hätte er zukünftig auch gerne seinen Lebensunterhalt verdient. Nachdem er in seiner frühen Phase auf die Musik von „Michael Jackson" und "Caught in the Act" stand, wandte er sich als Teenager einem etwas düstereren Genre zu, dem Black Metall. Sowohl als Konsument, als auch als aktiver Musiker. Als Sänger war er in verschiedenen Bands aktiv.

Mit seinem besten Freund, dem Gitarristen Ricardo, gründete er im Jahre 2003 die Formation TAVARUN. Als Bandnamen wählten sie den Namen eines elbischen Waldgeistes aus der HERR DER RINGE - Trilogie von J. R. R.Tolkien. Mit dabei waren die Kumpels Rene an den Drums und Sven am Bass. Dreimal in der Woche traf man sich zu den Bandproben. Im Dezember 2004 ging es für einen Tag ins Studio und Anfang 2005 erschien ihr erstes Album "SUIZID" auf einem Independent Label. Ohne ein einziges Konzert gespielt zu haben, das erst für den Herbst des Jahres 2005 geplant war, war diese CD bereits Anfang 2005 zum ersten Mal ausverkauft.

Einer der wichtigsten Menschen im Leben von Björn war in den letzten Jahren Catherine. Drei Jahre waren sie als Paar fest zusammen. Kannten sich aber bereits seit 9 Jahren. Kennengelernt haben sie sich in der Jugendgruppe einer Kirchengemeinde, die sie lange zusammen besucht haben. Björn besuchte dort anfangs noch den Konfirmandenunterricht und später die Jugendgruppe der Gemeinde. Auf der Schulabschlussfeier von Catherine haben sie festgestellt, dass sie sich eigentlich sehr gerne mögen und mehr sein möchten als nur gute Freunde. Oder besser, sie haben es sich endlich eingestanden. Liebe entstand und wuchs.

Björn war bei allem ein gutmütiger Mensch. Nicht alle – insbesondere die Erwachsenen – waren einverstanden mit seinen Kontakten und seiner Entwicklung in der Szene, in der sich Björn bewegte. Aber großartig beschäftigt hat man sich mit den Inhalten dann auch nicht. Björn machte aber deshalb keinen Stress. Es gab keine bösen Worte gegen seine Mutter oder gegen Freunde. Es war einfach gut, ihn um sich zu haben.

Es gab aber auch die Seite in ihm, die sich gerne mit dunklen Dingen beschäftigte und ihn scheinbar dorthin zog. Die Trilogie von John Ronald Reuel Tolkien, DER HERR DER RINGE, faszinierte ihn. Gut gegen Böse treten hier gegeneinander an. Und wenn man sich mit der Person von Tolkien, dem Autor der Trilogie beschäftigt hat, weiß man, dass er den Kampf Gottes gegen den Satan, der um jede Menschenseele geführt wird, in dieser literarischen Form schildert. Ein Ring verleiht dabei Macht zum Guten und Bösen. Je nachdem, wie der Besitzer gestrickt ist. Eine Kopie dieses Ringes, nach Anregungen aus DER HERR DER RINGE gestaltet, trug Björn bis zuletzt. Diese Bücher und die Thematik faszinierten Björn. Wie viele seiner Freunde aus der Szene. Die Frage ist dabei immer entscheidend, für welche der Seiten, die in diesem Buch geschildert werden, man sich entscheidet. Eine Frage, die nicht nur für dieses Leben entscheidend ist. Der Tod, die Ewigkeit, dauert länger als das Leben.

Einer der Lieblingsplätze von Björn und seinen Freunden war im Sommer die Sechs-Seen-Platte im Duisburger Süden. Hier hing man gerne zusammen ab und feierte auch die eine und andere Party. So traf man sich dort auch an einem 24. Juni.

Am Wildförster See. An den Steinplatten. Die Idee kam auf zur anderen Uferseite, zu den Pavillons zu wechseln. Die meisten gingen zu Fuß. Björn und sein Kumpel Sven wollten den Weg abkürzen und den See durchschwimmen. In voller Montur. Was sie auch in die Tat umsetzten. Auf der Hälfte der Strecke müssen Björn die Kräfte verlassen haben. Die andere Seite erreichte Björn nicht mehr. Seinen Körper fand man erst einige Tage später.

Es wird unbegreiflich bleiben, dass ein junges und hoffnungsvolles Leben so abrupt und unter diesen Umständen zu Ende gehen musste. An diesem 24. Juni 2005.

Bei der Abschiedsfeier in der übervollen Trauerhalle auf dem Waldfriedhof in Duisburg wurde ein Song von TAVARUN mit der Stimme von Björn eingespielt.

Es machte betroffen, dass Björn hier fast von seinem eigenen Abschied singt.

Im Text des Liedes heißt es unter anderem:

"Nun ist es vorbei / Du bist von uns gegangen / Ich wünsche dir eine gute Reise / wo immer du jetzt auch bist / Ich vermisse dich mein Freund / Laß dieses Lied mein Abschied sein / ... wir haben viel erlebt, sind durch die Hölle gegangen und zurück - was fehlte dir bloß zum großen Glück?"

David, auch ein künstlerischer Mensch, Musiker und Dichter, hat vor tausenden von Jahren einmal getextet:

"...Und ob ich schon wanderte im finsteren Tal, fürchte ich kein Unglück;

denn du bist bei mir, dein Stecken und dein Stab trösten mich. Du bereitest vor mir einen Tisch, im Angesicht meiner Feinde. Du salbest mein Haupt mit Öl und schenkest mir voll ein..." –

Philomena

Philomena erblickte Anfang Oktober des Jahres 1921 im damaligen Kottern das Licht der Welt. Heute gehört dieser Ort zu Kempten im Allgäu. In diesem schönen Fleckchen Erde wuchs sie auf, erlebte ihre Kinder und Jugendjahre, besuchte die Schule und absolvierte in einem Spinn- und Weberei-Betrieb eine Ausbildung im Schneiderhandwerk. Eine Schwester und drei Brüder komplettierten die Herkunftsfamilie und ließen die jungen Jahre von Philomena schon allein innerhalb der Familie nicht langweilig werden.

Der 2. Weltkrieg, bei dessen Ausbruch Philo, wie sie von vielen genannt wurde, noch keine 18 Jahre alt war, beeinflusste auch ihr junges Leben und sorgte für so manche nicht geplanten Lebensstationen. Auch für so manche leidvollen Situationen. Ihre drei Brüder sind alle im 2. Weltkrieg gefallen. In diesen Kriegsjahren war sie als Rot-Kreuz-Helferin engagiert und wurde dann später auch als Flakhelferin eingesetzt und hier als sogenannte „Horcherin" ausgebildet. In dieser Funktion wurde Philo in Norddeutschland eingesetzt. Zum Ende des Krieges geriet Philomena hier in Kriegsgefangenschaft. Genau wie ein gewisser Christian Peter, Peter gerufen, der während des Krieges als Pilot aktiv war.

Es war eine eher milde Kriegsgefangenschaft. Man war bei Bauern der Gegend untergebracht, wo die Männer auf dem Feld und die Frauen in der Küche arbeiten mussten. Während dieser Zeit lernten sich

Philo und Peter kennen. Beide fanden im jeweiligen Gegenüber die Liebe ihres Lebens und recht bald, wenige Wochen nach Ende des Krieges, im Juni 1945, wurde im Kreis Stade, vor den Toren Hamburgs, geheiratet. Peter besorgte sich anschließend eine Arbeitsstelle in seiner Heimatstadt Duisburg und so fand das junge Ehepaar im Ruhrgebiet neue gemeinsame Heimat. Bereits 1946 wurde ihr Sohn als einziges Kind geboren, der aus dem Ehepaar eine kleine Familie machte und die Liebe besiegelte. Er wurde nach seinem Vater benannt, Peter.

Für den Lebensunterhalt der Familie sorgte nicht nur der Familienvater, wie damals oft üblich, auch Philomena war zeit ihres Lebens durchgehend beschäftigt.

Zunächst im Kino als Platzanweiserin, dann bei der Stadt Duisburg als Reinigungskraft. Von hier ging es zum Unternehmen Quelle in den technischen Kundendienst, um danach bei der DEMAG in der Buchhaltung zu arbeiten. Mit bereits 59 Jahren konnte sich Philo dann in den wohlverdienten Ruhestand verabschieden. Philomena war eine intelligente und flexible Frau war, die sich in neue Aufgabenfelder schnell einarbeiten konnte und mit neuen Situationen und Menschen gut zurechtkam. Auch eine zupackende, hilfsbereite Frau.

Mit ihrer eigenen kleinen Familie erlebte sie glückliche und gute Jahre. Besonders freute sie sich, durch Enkelsohn Stefan zur Oma geworden zu sein und ihn in seinen Anfangsjahren bewusst zu erleben. Ihren Urlaub verbrachte Philomena zusammen mit ihrer Familie oft in ihrer alten Heimat im Allgäu, wo ihre Eltern und ihre Schwester immer noch zu Hause war. Alle

zwei Jahre fuhr man als Großfamilie in den Italienur-
laub. Zusammen mit den Eltern und Schwiegereltern
von Philo, ihrer Schwester sowie den Kindern und
Kindeskindern. Die Familien der jeweiligen Ehepartner verstanden sich bestens und unternahmen einfach
gerne etwas zusammen. Ein wirkliches Glück, welches
glückliche Zeiten möglich machte.

Philo und Peter waren ein sehr geselliges Paar, das
viele Freunde und Kontakte hatte und diese auch rege
pflegten. Umso tragischer war dann der Umstand, als
ihr Ehemann Peter nach einer Bypass-Operation unerwartet und plötzlich verstarb.

Aber Philomena meisterte auch diese Situation, gab
sich nicht auf und hielt auch als Witwe regen Kontakt
zu Freundinnen. Nahm weiterhin an gesellschaftlichen
Aktivitäten teil. Man ging gemeinsam Essen, traf sich
zum Kaffeeklatsch.

Lange erfreute sich Philomena einer relativ stabilen
Gesundheit. Bis sich eine Alters-Demenz bemerkbar
machte. Zunächst konnte sie noch weiter alleine in ihrem Haus wohnen. Dann wurde aber eine Rundum-
Betreuung unausweichlich. Sohn Peter und insbesondere dessen Ehefrau stellten sich dieser Aufgabe und
holten Philomena zu sich nach Hause. Als eine 24
Stunden-Rundum-Betreuung nötig war, ging es zuletzt einfach über die Kräfte von Philomenas Sohn und
Schwiegertochter, die beide noch beruflich aktiv waren. Im Duisburger Pflegeheim „Unter den Tannen" des
Pilgrim-Stiftes fand man eine Einrichtung, deren Obhut
man Philo beruhigt und guten Gewissens anvertrauen
konnte. Den intensiven Kontakt behielt man bei.

Auch wenn der Geist und die Erinnerung bei Philomena aufgrund der Demenz immer schwächer wurden, körperlich war sie eigentlich noch fit. Und so war es für die Familie schon überraschend, dass kurz nach Mitternacht des 1. August 2007 der Anruf vom Pflegeheim kam, dass das Leben von Philomena an diesem Tag zu Ende gehen könnte. Sohn und Schwiegertochter machten sich sofort auf den Weg und konnten so noch die letzten Stunden bei Philo sein. In ihrem Beisein, am Morgen des 1.August, um kurz nach 5 Uhr, endete das Leben von Philomena auf dieser Erde.

Eine kleines Geschenk, eine echte Gnade, das so ein bewusstes Abschiednehmen möglich war. Für die Kinder und für die Mutter.

Danuse

Danuse wurde im Dezember 1932 in Téblitz, im schönen Erzgebirge, in der damaligen Tschechoslowakei und dem heutigen Tschechien geboren. Mit ihrem Bruder und ihrer Schwester erlebte Danuse ihre Kinder- und Jugendjahre. Einige dieser Jahre verbrachte sie mit ihrer Großmutter in einem Haus. Im Ort Téblitz war die Familie von Danuse sehr beliebt. So auch Danuse selbst. Nach ihrer Schulzeit absolvierte sie eine Ausbildung im Einzelhandel, um anschließend in Téblitz im Büro einer großen Firma zu arbeiten. Als Kind war es ihr vergönnt, das Klavierspiel zu erlernen, was sie dann auch als erwachsene Frau gerne weiter pflegte. Sowohl in Téblitz, als auch später in Duisburg besaß die Familie ein Klavier. Hier konnte Danuse abschalten, ihre Seele hineinlegen.

Die Liebe ihres Lebens und den Partner fürs Leben fand Danuse in einem jungen Mann namens Ernst, der während des 2. Weltkrieges als Jugendlicher aus Duisburg, seiner Geburts- und Heimatstadt, mit einem Teil seiner Familie aus Gründen der Sicherheit hier in Téblitz Zuflucht suchte und fand. Ein Zweig seiner Familie lebte hier, war Generationen vorher aus Deutschland hier eingewandert. Die Eltern von Ernst gingen später wieder nach Deutschland zurück. Ernst blieb auch nach Ende des Krieges erst einmal in Téblitz. Einerseits nicht die schlechteste Gegend, in der man leben kann. Andererseits lebte Danuse hier. Das war wohl ausschlaggebend.

Eine Lebensgeschichte und ein Lebensweg, der dafür sorgte, dass zwei Menschen zueinander fanden, die wohl zueinander finden sollten. Danuse und Ernst kannten sich schon einige Zeit, als es beim Tanz in einem Café in Téblitz zwischen Danuse und Ernst endgültig gefunkt hat.

Ende September 1952 feierten Danuse und Ernst in Téblitz ihre Hochzeit. Ihr einziges Kind, Tochter Hanna, machte etwas später aus dem glücklichen Ehepaar eine kleine, glückliche Familie. Diese Familie lebte gerne in Téblitz, im Erzgebirge. Verbrachte schöne Sommerurlaube an verschiedenen Seen in Böhmen. Der tschechische Teil des Erzgebirges, in dem Téblitz liegt, ermöglichte regelmäßigen Wintersport. Auf Skiern gelangte man von den Bergen bis vor die Haustür.

Trotzdem gab es Gründe, diesen Platz, die Heimat zu verlassen. Es hatte viel mit den damaligen politischen Verhältnissen zu tun. Ein Ausreiseantrag wurde gestellt und diesem wurde stattgegeben. Im Jahre 1966 siedelte Danuse mit ihrer Familie in die Bundesrepublik Deutschland über. In Duisburg, der Heimat von Danuses Ehemann Ernst, fand man ein neues Zuhause.

Danuse fasste schnell Fuß in Duisburg. Unmittelbar nach der Übersiedlung fand sie eine Arbeit als Verwaltungsangestellte beim Arbeitsamt, wo sie sich beruflich wohl fühlte und auch gut vorankam. Auch Ehemann Ernst bekam schnell eine Arbeit. Die Familie eigentlich nahtlos eine gute wirtschaftliche Existenzgrundlage. Danuse richtete sich mit ihrer Familie gut ein, fand Zugang zum neuen Umfeld, neue Freunde. Dazu trug sicherlich das fröhliche und gewinnbringende Naturell Danuses bei. Sie war beliebt bei den Kolleginnen und Kollegen am Arbeitsplatz. Hat gründlich und gut gearbeitet. Galt als pfllichtbewusst und korrekt. Eine intelligente Frau mit einem guten Gedächtnis. Danuse war mit ihrer Familie auch gerne auf Reisen. Regelmäßig ging es in die Tiroler Berge. In die Nähe von Innsbruck. Im Sommer zum Wandern und im Winter zum Skilaufen.

Zusammen mit ihrem Ehemann Ernst freute sich Danuse, dass die Familie sich im Laufe der Jahre um zwei Enkelkinder vergrößerte. Dass sie deren Hochzeit mitfeiern konnte und dann sogar noch zweifache Urgroßmutter wurde. Als die Enkelkinder noch echte Kinder waren, nahmen Danuse und Ernst die beiden gerne mit in den gemeinsamen Skiurlaub. Das Verhältnis innerhalb der Familie war sehr gut. Die Weihnachtsfeste wurden gemeinsam als große Familie gefeiert.

In Danuses Leben gab es auch schwierige Momente und Situationen. Besonders gesundheitlicher Art. Im Jahre 1984 wurde bei ihr Schilddrüsenkrebs diagnostiziert. Eine schwere Operation überstand sie aber gut und die Therapie zeigte eine positive Wirkung. Danuse wurde geheilt.

1990 ging Danuse in den Vorruhestand. Geschenkte Jahre, die sie gemeinsam mit ihrem Ernst gut zu verbringen wusste. Ihre Goldene Hochzeit haben Danuse und Ernst noch groß gefeiert. Als ihr Ehemann Ernst später schwer erkrankte, war sie für ihn da, pflegte ihn. Wurde für Ernst zu einer Art Engel und Schutzengel. So hat es ihr Ehemann einmal mit viel Liebe zum Ausdruck gebracht. Als es ihrem Ernst wieder besser ging, fing Danuse gesundheitlich an zu schwächeln. Sie erlebte ein schwieriges, herausforderndes Jahr. Freute sich aber, dass sie in dieser Phase die Hochzeit ihrer Enkeltochter noch mitfeiern konnte und die frisch geborene Urenkelin noch im Arm halten durfte. Das Weihnachtsfest konnte Danuse noch einmal zu Hause verbringen.

Mitte Januar 2008 war ein weiterer Krankenhaus-aufenthalt unumgänglich. Hier im Krankenhaus in Duisburg erlag Danuse ihrem Leiden. Am 17. Januar 2008 schloss Danuse ihre Augen auf dieser Erde für immer.

Andrew

Andrew wurde am 22. Dezember 1937 im Londoner Stadtteil Battersea geboren. Als gebürtiger Engländer blieb er auch zeitlebens britischer Staatsbürger.

Die ersten Jahre seiner Kindheit verbrachte der junge Andrew auch in Battersea. Zusammen mit seiner älteren Schwester Laureen. Nachdem sich seine Eltern getrennt hatten, wurde Andrew von seiner Mutter aufgezogen.

Eine klassische Berufsausbildung hat er nicht absolviert. Andrew jobbte zunächst, um dann der britischen Armee beizutreten. Insgesamt 9 Jahre diente Andrew beim Militär. War zunächst in Arden stationiert, dann am Suez-Kanal, einem besonderen Krisengebiet während seiner Dienstzeit. Schließlich wurde Andrew nach Deutschland versetzt. Hier war er zunächst in Münster aktiv, dann in Mülheim a. d. Ruhr und schließlich in Duisburg. In Duisburg beendete Andrew seine Militärzeit. Anschließend arbeitete er für ein Jahr in einer Seilfabrik, um dann zur Lufthansa zu wechseln, die verstärkt Mitarbeiter für ihr Bodenpersonal suchte. Bei der Lufthansa hat er sich dann in verschiedensten Bereichen fort- und weitergebildet. Andrew wurde gefördert und er erlebte das Unternehmen als guten Arbeitgeber. Der Lufthansa hielt er dann auch bis zu seinem Eintritt in den Ruhestand die berufliche Treue.

Andrew war dreimal verheiratet. Den ersten beiden Ehen war aber kein Bestand auf Dauer vergönnt. Das erste Mal in England, in sehr jungen Jahren.

Seine zweite Ehefrau Marianne war dann der Grund für Andrew, in Deutschland zu bleiben. In dieser Ehe mit Marianne wurden auch seine beiden Kinder Bärbel und Bernd geboren. 1984 wurde die Ehe wieder geschieden. Der Kontakt zu den Kindern blieb aber bestehen. War eng. Tochter Bärbel sorgte dann auch irgendwann dafür, dass Andrew sich einen stolzen Opa nannte.

Eine neue Liebe und dann auch die Frau für sein weiteres Leben fand Andrew mit Elvira. Kennen gelernt haben sich die beiden in der Abendschule beim Englischunterricht. Elvira war Schülerin und Andrew war ihr Lehrer. So ist das dann manchmal im Leben. Beide fanden sich sympathisch, haben sich auch abseits des Unterrichtes getroffen, Liebe wuchs und mündete in der Hochzeit, die beide im Mai 1985 in Duisburg feierten. 27 gemeinsame Jahre als Ehepaar war den beiden vergönnt. Die Silberhochzeit wurde sehr bewusst erlebt und gefeiert.

Zu Andrews Hobbys zählte das Zaubern. Im Familienkreis hat er immer wieder gerne seine Zaubertricks vorgeführt. Zudem war er eine „Leseratte". Las Bücher mit Vorliebe in seiner Muttersprache Englisch. Auch englische Kreuzworträtsel hat Andrew sehr gerne gelöst.

Viele Jahre hat Andrew im Ehrenamt mit geistig behinderten Menschen gearbeitet.

Hier auch immer wieder sehr viel Geduld aufgebracht. Eine Tugend, die sonst eigentlich nicht zu seinen hervorstechenden Eigenschaften gehörte.

Von seiner Persönlichkeit durchaus eher introvertiert, war er trotzdem den Menschen zugewandt. Sein typisch englischer Humor kam immer wieder durch bei Andrew.

Als Engländer war Andrew natürlich ein Garten- und Naturfreund. Den Garten der schönen Parterrewohnung im Duisburger Süden hat er sehr geliebt und sich immer wieder gerne darin betätigt, ihn gepflegt. Andrew mochte Tiere, insbesondere Katzen. Es gab Zeiten, da hielten sich drei Katzen in seiner Wohnung auf. Nicht verwunderlich ist daher, dass er sich leidenschaftlich gerne Naturfilme ansah.

Urlaube wurden zumeist auf der Insel verbracht. Also in seiner Heimat, in England. Immer mit dem eigenen Auto auf der Fähre übergesetzt. So hatte er die größtmögliche Flexibilität und vor allem genug Platz für die Mitbringsel aus der Heimat. Das waren vor allem englische Bücher und Kreuzworträtsel. Je älter er wurde, desto öfter äußerte Andrew, dass sein Heimweh nach Zuhause, sein Heimweh nach England größer wurde.

Gesundheitlich war Andrew nicht wirklich auf Rosen gebettet. Im Laufe seiner Lebensjahre wurden ihm zwei künstliche Hüftgelenke eingesetzt und eine Niere entfernt. Eine Diabetes stellte sich ein. Diese Handycaps waren aber nicht die Ursachen für seinen Tod. In seinen letzten Monaten wurde er zusehends schwächer. Ärzte jedoch wollte er nicht konsultieren. Auch keine medizinische Hilfe in Anspruch nehmen. Trotzdem sorgte seine Ehefrau Elvira dafür, dass Andrew in ein Krankenhaus eingeliefert wurde und hier untersucht werden sollte. Nach vier Tagen ließ er sich aber auf eigenen Wunsch entlassen. Er wollte einfach nur noch Zuhause sein. Zuletzt äußerte er immer häufiger, dass er nicht mehr leben wolle. Er schien im wahrsten Sinne des Wortes lebenssatt zu sein. Und wenn der Zeitpunkt zum Gehen käme, dann wolle er Zuhause gehen. Auch ein langjähriger Pflegefall wollte er nicht werden und sein. Wichtig war Andrew zuletzt dennoch, den nächsten Geburtstag seiner Frau zu erleben und vor allem ein Geschenk für sie zu haben. Mit Hilfe von Pflegerinnen konnte er dies auch unbemerkt organisieren und seine Elvira damit überraschen.

Das war eine Woche vor seinem Tod. Danach wurde er noch mal zusehends schwächer. Am 6. Dezember 2012, am Nikolaustag, ist Andrew dann friedlich eingeschlafen. In seinem Zuhause, wie er es sich gewünscht hatte.

Günther

Klaus Günther, besser als Günther bekannt und auch so gerufen, wurde im Mai 1937 in Oberhausen geboren. Mitten im Ruhrgebiet. Aufgewachsen ist er dann in Essen, in Frintrop. Es waren keine einfachen Kinder- und Jugendjahre. Die Irrungen und Wirrungen des Naziregimes in Deutschland, in deren Zeit hinein er geboren wurde und der daraus resultierende 2. Weltkrieg, hatten Einfluss auf sein junges Leben. Er gehörte zu den so genannten „weißen Jahrgängen", die aufgrund der Kriegszeiten zunächst nicht eingeschult wurden, weil der Schulbetrieb einfach nicht aufrechterhalten werden konnte. Seine Mutter arbeitete in der Zeit aber als Hausdame in einem Lehrerhaushalt und nahm ihren Günther immer mit. Dadurch bekam er als Kind im schulpflichtigen Alter doch ein gewisses Maß an grundlegendem Unterricht und konnte später direkt in die 3. Klasse einer Grundschule eingeschult werden. Er war schon zu dem Zeitpunkt ein cleveres Bürschchen, erlangte zunächst die mittlere Reife, zum damaligen Zeitpunkt nicht selbstverständlich und schließlich auch die Fachoberschulreife.

Nach erfolgreichem Abschluss seiner Schulzeit begann Klaus Günther eine berufliche Ausbildung zum sogenannten „Organisator" bei einem der damals noch florierenden und gut aufgestellten großen deutschen Kaufhaus-Konzerne. Nachdem dieser damals mit einem anderen Unternehmen fusioniert ist und in Essen die Zentrale des Konzerns etabliert wurde, im

Stammhaus des Unternehmens in Essen, am Limbecker Platz. Im Rahmen dieser Konzernstruktur erlebte Günther eine erfolgreiche berufliche Karriere, in der es nur einmal kurz ruckelte. Eine Karriere, die insbesondere in den ersten Jahren mit vielen Ortswechseln verbunden war. Von Essen ging es zunächst in die Konzern-Häuser nach Göttingen und Hamburg. Dann noch mal zurück nach Essen, zum Limbecker Platz, wo er als Organisator hausintern erfolgreich an einer Geschäftsführerausbildung teilnahm. Dann übernahm Günther als Geschäftsführer in den Häusern Salzgitter und folgend in Singen am Bodensee Verantwortung. Die Familie folgte meist an die Arbeitsorte. Mal lebte man im Harz, dann einige Jahre im Süden am Bodensee. Für die Familie eine abwechslungsreiche Zeit, in der sie sich wohlgefühlt hat. Mitte der 1970er Jahre ging es für Günther zurück nach Essen, wohin er als „Abteilungsdirektor Organisation" berufen wurde. Zunächst sollte er Geschäftsführer von einem der damals drei sogenannten „Weltstadthäusern" des Konzerns werden, von denen sich eines in Hamburg befand. Günther blieb dann aber doch in Essen und wurde zunächst Direktor.

Vorgesehen war später seine Berufung in den Vorstand. In dieser Phase begann die Karriere von Klaus Günther ein wenig zu ruckeln. In der Konzernspitze wurde die Entscheidung getroffen, dass in den Vorstand keiner mehr berufen werden darf, der älter als 45 Jahre ist. Günther war 52, bis hierher sehr erfolgreich und hatte viel Erfahrung sammeln können. Nun erlebte er eine für sich große Enttäuschung.

Günther wurde ein junger Mann, Mitte 30, mit Promotion, aber nur knapp dreijähriger beruflicher Erfahrung im Tagesgeschäft, quasi als Vorgesetzter präsentiert. Günther sollte ihn auf der Position einarbeiten, die er selber angestrebt hat. Da Günther sehr gradlinig war, kündigte er, ohne wirklich zu wissen, wie es weitergehen soll. Mit 52 Jahren, nach 37jähriger Konzernzugehörigkeit.

Auf der beruflichen Positionsebene, auf der sich Günther befand, ist man aber gut vernetzt. Günther hatte einen guten und tadellosen Ruf, sowohl was das beruflich fachliche Know-how anging, als auch auf menschlicher Ebene. So blieb sein Ausscheiden aus dem Konzern aus eigenen Stücken natürlich nicht verborgen. Und so wurde er recht bald von einem damals noch selbstständigen Mitbewerber, einem anderen großen Kaufhaus-Konzern kontaktiert und dort in den Vorstand berufen.

Wie beliebt und wertgeschätzt Günther war, konnte man daran erkennen, dass Günther eine Weile täglich Anrufe von ehemaligen Mitarbeitern bekam, die unter seiner Leiterschaft arbeiteten: „Wenn Sie gehen, gehen wir auch. Haben Sie was für mich in ihrem neuen Unternehmen?" Oft hatte er etwas und nicht Wenige sind ihm gefolgt. Günther war als sehr korrekte Persönlichkeit bekannt. Sowohl im privaten, als auch im geschäftlichen Umfeld. Gerne war er Türöffner für Menschen, die eine neue berufliche Heimat suchten und von deren Fähigkeiten er überzeugt war. Aber durchgehen mussten sie dann schon selbst. Und sich nach dem Durchgang auch bewähren.

Privat begegnete Günther in jungen Jahren mit Christina die Liebe seines Lebens und für viele Jahrzehnte auch Frau fürs Leben. Über 50 Jahre war man als Paar zusammen. In diesen Jahren haben sich die beiden natürlich auch etwas getraut, Hochzeit wurde gefeiert. 47 Jahre erlebten sie gemeinsam als Ehepaar. Sohn Torsten, einziges Kind, machte aus dem glücklichen Ehepaar eine kleine, glückliche Familie. Den gerade zu Beginn beruflich bedingten häufigen Orts- und Regionswechseln, hat man auch viele positive Seiten abgewonnen.

Zum Urlaub zog es die Familie gerne in den Süden Europas, sei es mit dem Flugzeug oder mit dem Auto. Spanien oder Italien waren beliebte Ziele. Wenngleich Günther selbst nicht so sehr der Strand- und Wassertyp war, aber die Wärme und Sonne genoß er schon.

Eine schmerzhafte Zäsur erlebte Günther, als seine Christina an einer Krebserkrankung nach 47 gemeinsamen Ehejahren starb. Er fand aber nach der Zeit der Trauer auch wieder ins Leben zurück. Nahm aktiv daran teil.

Mit Damaris trat wenig später auch noch einmal eine neue Frau in das Leben von Günther und eine späte Liebe ereignete sich für beide. Damaris hatte kurz zuvor ihren Ehemann ebenfalls durch den Tod verloren. Günther und Damaris kannten sich locker aus dem Familien- und Freundeskreis und sind sich auf entsprechenden Feiern in den Jahren und Jahrzehnten immer wieder begegnet. Beide begegneten sich dann erneut zufällig in den Geschäftsräumen einer Bankfiliale. Günther sprach Damaris an und im Laufe des

Gesprächs fragte er Damaris, ob sie nicht noch Zeit für einen Kaffee hätte. Damaris hatte Zeit. So wurde spontan ein Café auf der „Rü" in Essen aufgesucht. Beim Kaffeetrinken verabredete man sich zum Essen. Aus der vorhandenen Sympathie entwickelte sich bald eine späte, aber intensive Liebe und dann eine fünfjährige glückliche Partnerschaft, in der die geschenkten Jahre doppelt zählten. Im Jahre 2016 entschloss man sich sogar zusammen zu ziehen und nahm sich eine gemeinsame schöne und geräumige Wohnung im Großraum des Essener Stadtteils Werden.

Wie glücklich Günther war, zeigt sich auch an seiner in dieser Zeit ausgelebten Leidenschaft, jeden Samstag für seine Damaris 20 Rosen vom Markt in Werden zu holen. Bei Wind und Wetter wollte er auf jeden Fall immer noch los, um als „Rosenkavalier" am liebsten weiße Rosen zu kaufen. Und wenn „Weiß" aus war, waren dann auch andere Farben in Ordnung. Jedes Mal, wenn er zum Ende der Marktzeit beim Blumenstand auch einen kleinen Deal machen konnte, freute sich Günther. Schließlich war er ja auch Kaufmann.

Auch mit Damaris ist Günther noch gerne gereist. Keine langen Zeiträume. Im Frühjahr und Herbst immer mal eine Woche nach Mallorca und hier und da eine kleine Kreuzfahrt. Mit seinem Sohn Torsten erlebte er eine unvergessliche gemeinsame Wohnmobiltour nach Holland an die See. Eine sehr intensive Zeit. Mit Liveübertragung der beiden via Webcam vor Ort über das Internet auf die Rechner von Torsten Ehefrau und Günthers Lebenspartnerin in Deutschland. „Live im TV" sozusagen. Bekannt aus Funk und Fernsehen.

Günther war schon das, was man eine echte Persönlichkeit nennen konnte. In gewisser Weise auch ein Original. Ein Original des Schöpfers dieser Welt. Er legte Wert auf sein Äußeres, hatte Stil. Blau war seine Farbe, wohl bedingt durch seine Augenfarbe. Günther kleidete sich gerne Ton in Ton, was in seinem Umfeld positiv, aber nicht aufdringlich ankam. Und Günther war dankbar bis stolz auf sein volles Haar, welches auch entsprechende Pflege bekam. Der Blick in den Spiegel, bevor er das Haus verließ, war wichtig. Zudem war er Schalke-Fan durch und durch. Aber nicht wegen der Vereinsfarbe. Und wie jedes Original, jede Persönlichkeit, hatte auch Günther kleine, liebenswerte Marotten. So durfte der Reisespiegel mit dem abgebrochenen Stiel über Jahre nicht ersetzt werden. Weil er so besser in die Kulturtasche passte. Fast schon ein echtes Kultobjekt.

Günther hatte generell ein gewinnendes, positives Wesen. Er war einfach Typ! Kommunikativ! Wenn er einen Raum betrat, füllte er auch diesen Raum mit seiner Aura. Aber er behielt stets Bodenhaftung, blieb immer auf dem Teppich.

Günther war sehr korrekt, im persönlichen, wie im geschäftlichen. Auf sein Wort war wirklich 100% Verlass. Nicht nur diese Eigenschaft brachte ihm eine Berufung in den Deutschen Normausschuss – wo die DIN-Normen festgelegt werden – als Vertreter des Handels und seines Konzern-Vorstandes. Günther musste oft schmunzeln, dass er als Nicht-Akademiker mit lauter promovierten Ausschussmitgliedern Richtnormen festlegen konnte.

In Gesprächsrunden war Günther immer eine Bereicherung, weil er positiv provozierte. Seine Gegenüber lockte er gerne aus der Reserve. Günther war sehr diskussionsfreudig und konnte seine Überzeugungen vertreten. Mit wohlwollendem Blick auf seine Mitmenschen. Er hatte zudem einen starken Familiensinn und eine Verbundenheit gegenüber Menschen, die ihm geholfen haben. Als Vorstand in einem Konzern musste er aber auch unangenehme Entscheidungen treffen und diese verkündigen. Wenn im Zuge von Sanierungs- oder Umstrukturierungsmaßnahmen Mitarbeiterinnen und Mitarbeiter entlassen werden sollten, hat er immer sehr gelitten. Er war ein sehr sensibler Mensch. Wenn vom Konzern-Stammtisch, den er auch nach seinem Eintritt in den Ruhestand besuchte, jemand krank war, gehörte er mit zu denjenigen, die den kranken Kollegen besuchten. „Der Mensch ist mir wichtig, das will ich zum Ausdruck bringen", ließ er oft verlauten.

Seinem Sohn, der lange auch mit einem eigenen Unternehmen am Start war, bei dem Günther Minderheitsgesellschafter war, war er gerne ein provokantes Gegenüber. Er hat ihm immer seine Meinung gesagt, ihn aber bei all seinen Ideen auch immer unterstützt. Bei Gesellschafterversammlungen verließen die anderen Gesellschafter schon mal gerne den Raum, wenn Vater und Sohn mal wieder diskutierten und scheinbar ein wenig aneinandergerieten. Denn erst einmal war Günther vordergründig gegen die Ideen des Sohnes. Um dann später zu bekunden: „Ich bin ja dafür, wollte aber mal sehen, ob Du Deine Position auch anständig vertrittst." In der Sache hat es die beiden emotional dann auch stark miteinander verbunden.

Das Leben in dieser Gesellschaft, an der er immer Interesse hatte – Günther las drei aktuelle Tageszeitungen und auch das Managermagazin bis zum Schluss – hätte gut und gerne noch eine Weile für ihn und auch seine Damaris so weitergehen dürfen. Gesundheitlich hatte er auch nie größere Probleme, bis am Jahresende 2018 eine Krebserkrankung diagnostiziert wurde. Günther nahm den Kampf gegen diesen Krebs auf und als er zu Beginn des Sommers 2019 positive Diagnosen bekam, schien die Krankheit besiegt. Leider ein Irrtum wie sich herausstellte. Der Krebs kehrte an anderer Stelle im Körper zurück und es wurde absehbar, dass sich die Lebensspanne von Günther dem Ende entgegenneigt. Ab Mitte des Jahres 2019 begann eine sehr intensive Phase und Günther erlebte seinen körperlichen Verfall bei bis zuletzt klarem Verstand. Seit Ende 2019 war er bettlägerig. Weihnachten wollte er noch einmal in der eigenen Wohnung mit der Familie erleben. Das war ihm, mit Einschränkungen, vergönnt.

Günther wollte, wenn es soweit ist, Zuhause seine Augen schließen und sterben.

Das war ihm vergönnt. Sein Sohn Torsten war soft wie möglich bei ihm und ganz beständig seine Damaris. Im Beisein von Damaris schloss Günther Mitte Januar 2020 in der gemeinsamen Wohnung seine Augen für immer.

Hubert

Hubert wurde im Januar 1938 im Duisburger Norden geboren. Im Stadtteil Hamborn.

Sein Vater kam als Soldat im 2. Weltkrieg ums Leben. Sehr jung wurde Hubert so mit Leid und dem Tod konfrontiert. In der neuen Partnerschaft und Ehe seiner Mutter wurden noch zwei Brüder geboren. Das Brüdergespann war eine lustige Gesellschaft, keine Kinder von Traurigkeit. Zeitlebens behielten die Brüder dann einen guten Kontakt. Auch wenn es Huberts Brüder später als Erwachsene in unterschiedliche Regionen Deutschlands verschlug, kam man immer wieder gerne zusammen. Feierte gerne zusammen richtig coole Feste. Meistens in Moers, im Haus von Hubert und seiner Familie. Das immer eine zentrale Anlaufstelle war.

Im Laufe seines Lebens, besonders seines jungen Lebens, machte Hubert an unterschiedlichen Plätzen in Deutschland Station. Nach seiner Geburt in Duisburg lebte Hubert mit seiner Familie zunächst im Osten Deutschlands, in Krasik, das dann ab 1949 zur DDR gehörte. Von hier flüchtete die Familie und somit auch Hubert Anfang der 1950er Jahre in den Westen und es ging zurück nach Duisburg-Hamborn. Von dort aus ging es für Hubert über Dinslaken und Rheinberg bis nach Kapellen. In diesem Moerser Stadtteil lebte er dann mit seiner Familie seit der zweiten Hälfte der 1960er Jahre. Nach seiner Schulzeit absolvierte Hubert eine Ausbildung zum Industriekaufmann bei dem Unternehmen KRUPP in Rheinhausen. Diesem Unternehmen hielt er die berufliche Treue bis zu seinem gesundheitlich bedingten vorzeitigen Ruhestand mit erst 50 Jahren.

Während einer Tanzveranstaltung in der Region Moers lernte Hubert seine Partnerin fürs Leben und spätere Ehefrau Eleonore kennen. Im November 1963 wurde auf dem Standesamt in Kapellen geheiratet. Tochter Sabrina und Sohn Jakob wurden in den nächsten Jahren geboren. Die Kinder sind behütet, aber frei aufgewachsen. Seit 1967 lebte Hubert mit seiner Familie im eigenen Haus in Moers-Kapellen, das Anfang der 1980er noch einmal umgebaut und durch einen Anbau erweitert wurde.

Urlaub machte Hubert mit seiner Familie gerne in Österreich. Dort lebten Freunde, bei denen man regelmäßig Quartier machen konnte. Im Sommer wurde gewandert, im Winter stand Ski fahren auf dem Programm.

Zwei Enkeltöchter machten Hubert zum stolzen Opa. Zu beiden hatte er einen guten Draht. Es gab generell einen guten Zusammenhalt in der Familie von Hubert. Familienfeste, wie Geburtstage und Weihnachten, wurden zusammen verbracht.

Hubert war auch ein musikalischer Mensch. Spielte in jungen Jahren in Duisburg und Dinslaken in einem Posaunenchor. Später dann auf Feiern gerne und vor allem richtig gut das Akkordeon.

Als sportbegeisterter Mann war Hubert in jüngeren Jahren im zu seiner Zeit noch populären Feldhandball aktiv. Später war er Boxer bei Hamborn 07, ausgestattet mit einer sehr guten Linken. Fußball spielte Hubert beim FSV Kapellen, war aktiv bis in die Alte-Herren-Mannschaft hinein, der er später als Zuschauer noch gerne verbunden blieb. Er ging auch auf Hochseeangeltouren.

Eine echte Zäsur erfuhr das Leben von Hubert, als er 50 Jahre alt war.

Eine Zäsur gesundheitlicher Art. Die Krankheit „Enziphalitis", die eine Entzündung im Gehirn mit sich bringt, schränkte sein Leben auf einmal sehr ein. Lebensqualität ging verloren. Seinen Beruf konnte er nicht mehr ausüben und musste in Frührente gehen. Am Lebengeschehen konnte er im Alltag schon noch bewusst teilnehmen, jedoch mit deutlichen Einschränkungen. Seine Ehefrau Eleonore ging in dieser Phase wieder voll arbeiten. So hatten sich die beiden das letzte gemeinsame Lebensdrittel nicht vorgestellt. Aber es war nun eine Realität, die man meistern musste. Die man auch lange gemeistert hat. Aber irgendwann wurde es Eleonore wohl einfach zu viel, die Herausforderung im Alltag und im gemeinsamen Leben zu belastend.

Im ersten Monat des Jahres 2010 endete das Leben von Hubert auf dieser Erde sehr plötzlich, in jeder Hinsicht unvorbereitet und tragisch nach 71 Jahren, mit bald 72 Jahren. Im eigenen Haus. Durch die Hand seiner Ehefrau. Und durch ein Messer.

Lina

Alle unsere Wege haben ein Ende – ein frühes oder ein spätes Ziel!

Das Leben von Lina auf dieser Erde währte vom 3.Oktober 1935 bis zum 8. Mai 2011. Es begann in Kurasch, in Wolynien, wurde gelebt im Warthegau, in Großhansdorf und Ahrensburg und endete in Ahrensburg.

Lina erblickte am 3. Oktober 1935 das Licht der Welt. In Kurasch, Wolynien, einem früheren deutschen Siedlungsgebiet in Russland. Vor Lina erblickte ihre Schwester Adeline das Licht der Welt. Nach ihr gesellten sich bis 1944 noch die Geschwister Eduard, Willi, Rosemarie und Helmut hinzu. Die große Geschwisterschar ließen ihre Kinder- und Jugendjahre nicht langweilig werden. Es waren aber keine einfachen Kinderjahre für Lina. Die Irrungen und Wirrungen des Naziregimes in Deutschland und der daraus resultierende 2. Weltkrieg hatten großen Einfluss auf ihr junges Leben. Im Jahre 1939, noch vor Ausbruch des 2. Weltkrieges, sollte Linas Familie, zusammen mit vielen anderen sogenannten „Volksdeutschen", auf deutsches Staatsgebiet geholt werden. Im „Warthegau", das in den Grenzen des heutigen Polen liegt, befand sich bis zum Kriegsende eine Art Zwischenstation. Denn nach dem Ende des Krieges wurden „die Deutschen" aus dieser Region vertrieben.

1946 kam Lina mit ihrer Mutter und den fünf Geschwistern in Großhansdorf an, einer Wohngemeinde im Nordosten von Hamburg gelegen. Einem sogenannten „Walddorf", dass bis 1937 zu Hamburg gehörte. Im

Ortsteil Schmalenbeck, fand die Familie hier ein neues Zuhause und vor allem eine echte Heimat. Zunächst in Flüchtlingsbaracken an einem Sportplatz. 1949 kam ihr Vater aus der Gefangenschaft und stieß wieder zur Familie. Anfang der 1950er Jahre baute die Familie das Haus in der Ostlandstraße in Schmalenbeck, in dem dann für viele Jahrzehnte ihres weiteren Lebens ihr Zuhause sein sollte. Die letzten knapp 20 Jahre ihres Lebens fand sie im Tobias-Haus eine neue Bleibe, einem Seniorenheim im Ahrensburger Stadtteil Hagen.

Es war insgesamt kein einfaches Leben, dass Lina führte. Führen musste. Bereits in frühen Kinderjahren erkrankte sie an Kinderlähmung, was ihren Bewegungsradius und damit die Lebensqualität drastisch einschränkte. Fortan war sie körperlich behindert, gehandicapt. Sie konnte sich schon fortbewegen, mit Hilfe eines „Geh-Bocks", speziellen orthopädischen Schuhen, später auch mit Krücken – aber es war mühsam. Mit einem Rollstuhl konnte oder wollte sie sich nie wirklich anfreunden. Obwohl sie ihn auch hier und da nutzte. Der Rollator war noch nicht erfunden.

Sie hatte damals die Chance gehabt, über eine Art Heim- und Internatsbetrieb auch eine schulische Ausbildung zu bekommen. Aber das hätte Trennung von Zuhause bedeutet. Und das verursachte natürlich Trennungsschmerz. Letztlich brachten es die Eltern nicht übers Herz, ihre Tochter der Obhut eines Heimbetriebes zu überlassen. Lieb gemeint, aber sicherlich nicht sehr langfristig bedacht. Zeiten und Umstände waren damals einfach anders und auch die Erkenntnisse zum Umgang mit der Behinderung durch Kinderlähmung waren noch auf einem anderen Stand. Auch die Möglichkeit, an diese Erkenntnisse zu gelangen.

Fakt ist, dass Ihr Lebensradius durch fehlende Förderung auch entsprechend eingeschränkt war. Wenngleich das nicht bedeutete, dass Lina dumm war.

In ihrem erreichbaren Radius gestaltete sie ihr Leben über lange Jahre durchaus eigenständig, auch wenn der Bildungshorizont beschränkt war und nicht alles, was durchaus möglich gewesen wäre, umgesetzt werden konnte. Als die Geschwister nach und nach aus dem Haus gingen, Ihre Schwester Adeline sogar nach Kanada, später in die USA auswanderte, war da immer noch die Nachbarschaft, bei der Lina immer wieder vorbeischaute und die auch bei Ihr vorbeischaute. Auch Verwandtschaft lebte in der Ostlandstraße. Ihr Bruder Eduard blieb zudem mit seiner Familie im Haus an der Ostlandstraße wohnen. Gerne hat sie in frühen Jahren immer wieder eine Familie Buchsdrücker besucht, die zwei Straßen weiter wohnte.

Zudem war sie Mitglied einer Evangelischen Freikirche in Hamburg. Ihre Familie war das schon in Wolynien. Über viele Jahrzehnte nahm sie in Hamburg, wann immer möglich, Sonntags an den Gottesdiensten teil. Meistens chauffiert von ihrem Bruder Eduard, der mit seiner Familie regelmäßig dort war. Dort fand sich dann immer jemand der mithalf, sie in den Gemeindesaal zu tragen. In Schmalenbeck nahm sie so oft es ging an den Bibelgesprächsgruppen der Gemeinde teil, die 14tägig in verschiedenen Privathäusern stattfanden.

Nachdem ihre Mutter Mitte der 1960er Jahre früh verstorben ist, führte sie für ihren Vater lange Jahre den

Haushalt. Später, nachdem auch er in der ersten Hälfte der 1980er Jahre verstarb, auch für sich alleine. Lina konnte für sich sorgen, konnte gut kochen. Gute Hausmannskost. Ihre Flinsen, Kartoffelpfannkuchen, waren schon ein wenig Legende. Das Einkaufen der Zutaten wurde wöchentlich organisiert. Ihre Schwägerin Gerda hat das regelmäßig übernommen, später dann Gerdas Söhne: Thomas, Andreas und auch Torsten. Das hat ihnen immer Spaß gemacht. Und nicht nur, weil diese sich dann auch immer mal das eine oder andere Eis oder eine andere Leckerei holen durften.

Lina konnte auch geniessen. Wenn sie Lust auf ein halbes Hähnchen hatte, hat sie Bescheid gesagt. Dann haben ihr die Neffen eins geholt – oder auch zwei. In Gemeinschaft hat es sich besser gegessen und besser geschmeckt. Und wenn in den 1970er Jahren der Eiswagen in der Ostlandstraße klingelte, stand sie oft schon an dem entsprechenden Halteplatz und wartete.

Für ihren ältesten Neffen gehörte es einige Jahre dazu, in der Weihnachtszeit ihr Wohnzimmer zu schmücken. Am Heiligen Abend den Tannenbaum aufzustellen und ihre Lieblingsplatte mit dem Weihnachtsliederpotpourrie anzuschmeissen. „Jetzt ist es Weihnachten", meinte sie dann. So mancher könnte etwas von seinem mit ihrem Leben verbinden. Mit dem Leben von „Poldi", wie sie ja auch oft genannt wurde. Besonders gerne von ihren Geschwistern. Oder „Poldi Duck". Trotzdem, ihre Welt war klein und der Radius eingeschränkt. Kleine Freuden konnte sie genießen, aber sie war auch oft darauf angewiesen, dass man für diese kleinen Freuden sorgte. Sie einfach mal ins Auto packen und an die Ostsee düsen. Oder ein bisschen durch die Gegend fahren. Lillian, ihre Nachbarin, hat das auch immer wieder mal gemacht.

Lina spielte ab und an auch Mundharmonika. Sogar ganz passabel. Hat sie sich selbst beigebracht. Sass dann in ihrem dunklen Wohnzimmer am Fenster und spielte ihr bekannte Melodien. Bei Licht machte es ihr scheinbar keinen Spaß. Im Frühling und Sommer saß sie gerne auf der von ihrem Bruder gezimmerten Holzbank vor der Werkstatt hinten im Garten und ließ die Abendsonne auf sich scheinen. Ihre Neffen haben mit Ihr so manche „Mensch-Ärgere-Dich-Nicht"-Spielnachmittage erlebt. Und schon damals war einer ihrer Lieblingssprüche: „Ich glaub, mein Schwein pfeift", wenn etwas nicht klappte. Oder „Ich glaub, mein Trecker humpelt".

Nachdem bis auf ihren Bruder Eduard die Geschwister aus dem Haus an der Ostlandstraße ausgeflogen waren, lebte Lina 27 Jahre zwar in ihrem eigenen Bereich, in ihrer kleinen Einliegerwohnung, aber doch betreut und letztlich in Abhängigkeit von der Familie ihres Bruders. Es gab auch herausfordernde Situationen in diesen Jahren. Lina war durchaus willensstark und hatte ihren Dickkopf. Konnte sich dabei aber selten geschickt verhalten und ausdrücken, so dass es auch immer wieder zu kritischen und spannungsgeladenen Situationen kam. Da merkte man dann doch einfach fehlende soziale Kompetenz. Einfach eine Feststellung. So war es und damit musste man manchmal klarkommen. Für ihre Schwägerin Gerda nicht immer einfache Situationen.

In der ersten Hälfte der 1990er Jahre begann ein neuer, räumlich gesehen ein letzter Lebensabschnitt für Lina. Nachdem sie sich bei einem Sturz den Arm gebrochen hatte, was einen Krankenhausaufenthalt notwendig machte, war die Selbstversorgung danach zu Hause nicht mehr möglich. Ihre Schwester Rosi, die im TOBIAS HAUS, einem Seniorenzentrum im Hagen in Ahrensburg arbeitete, ermöglichte die Aufnahme in dieses Haus. Hier bekam sie ein eigenes Zimmer, ein neues Zuhause. Und hier war sie, alles in allem betrachtet, gut aufgehoben. Offizieller Betreuer war bis zu seinem Tode ihr Bruder Eduard. Ihre Schwägerin Gerda hat es die letzten Monate übernommen.

Im Alltag bekam Lina auch immer wieder Besuch von einigen Menschen aus ihrem alten Umfeld. Aus der Nachbarschaft. Aus der Familie. Ihr Schwager Peter, Ehemann ihrer Schwester Rosi, besucht oft am Sonntagmorgen die im TOBIAS HAUS angebotenen Weihehandlungen. Gottesdienstähnliche Veranstaltungen, zu denen er Lina oft aus ihrem Zimmer abholte und mitnahm. Vor Ort fand sie auch viele Menschen, die sich um ihr Wohlbefinden kümmerten. Das Ehepaar Brückner, das sich ehrenamtlich im TOBIAS HAUS engagierte und besonders auch Lina immer wieder in ihre Aktivitäten mit einbezog. Sie, Lina, in den Anfangsjahren ihres Aufenthaltes zu ihrem Zahnarzt in Schmalenbeck begleitete und auch sonst oft mit ihr im Rollstuhl spazieren ging. Auch andere Menschen waren für sie da. Auch aus der Mitarbeiterschaft des Tobias-Hauses.

Der Bewegungsradius von Lina wurde in den letzten Lebensjahren dann aber immer mehr eingeschränkt.

Vieles fiel ihr schwer. Gesundheitlich gab es immer wieder mal Komplikationen. Sie lag viel und oft im Bett. Trotzdem war es nicht absehbar, dass sich ihre Lebensspanne dem Ende zuneigen sollte. Am Sonntag, den 8.Mai 2011, nahm sie noch an der gottesdienstlichen Veranstaltung im Tobias-Haus teil. Nachmittags besuchte Lina ein Konzert im Tobias-Haus. Ein richtig schöner Tag. Wenngleich sie unter einer leichten Lungenentzündung litt. In der Nacht vom 8. auf den 9. Mai 2011 ist sie dann im wahrsten Sinne des Wortes friedlich eingeschlafen. Eigentlich ein Ende, wie es sich viele wünschen. Ohne Kampf, nach einem schönen Tag einfach einschlafen dürfen. Jedes Leben ist es wert, gelebt zu werden. Und jedes Leben, das zu Ende gegangen ist, hinterlässt eine Lücke. Auch Lina hinterlässt eine echte Lücke.

Robér

Robert, in seinem Umfeld als „Robér" bekannt und so wollte er auch genannt werden, wurde Mitte Mai 1951 im schlesischen Kattowicz geboren. Seine Kinderjahre erlebte Robér noch bis zu seinem 5. Lebensjahr in seinem Geburtsort in Schlesien. Zusammen mit seinen vier Geschwistern. Dann siedelte seine Familie um in den damals freien Teil Europas, in den Westen. Nach Deutschland. Kam zunächst in das Auffanglager Stuckenbrock, um dann schließlich in der Region Dinslaken / Voerde ein neues Zuhause zu finden. Hier hatte die Familie von Robér Verwandtschaft. Die Anfangszeit im Westen war nicht einfach für Robér, da er bis zur Übersiedlung nur polnisch sprach und sich auch erst einmal sprachlich zurecht finden musste. Doch Voerde wurde dann zu einem echten Zuhause. Nach der Schule erlernte Robér zunächst den Beruf eines KFZ-Mechaniker. Aber das Handwerk war nicht wirklich sein Ding und so schulte er später um zum Altenpfleger.

Sehr früh wurde Robér auch politisch aktiv. Engagierte sich. War seit Ende der 1960er, Anfang der 1970er Jahre aktiv, links orientiert und trat für eine Veränderung der Gesellschaft und der Machtverhältnisse ein. Nahm an Demos teil, verteilte Schriften. Sein Freund Joachim, der Robér seit 1972 kannte, hat ihn in der Zeitung „UZ" – „Unsere Zeit" unter anderem so beschrieben: „Seit den frühen 1970er Jahren war Robér der kommunistischen Bewegung verbunden.

Schon als junger Mensch in DKP und SDAJ hatte er sich jenen Kräften angeschlossen, die konsequent dafür eintraten, dass die Geschicke in Deutschland endlich von denen bestimmt werden, die alle Werte schaffen. Solange es seine Gesundheit zuließ, beteiligte Robér sich aktiv am politischen Widerstand gegen Rechts und war in zahlreichen Initiativen gegen Sozialraub und dem Abbau demokratischer Grundrechte aktiv. Nach Umwegen über die PDS und DIE LINKE fand Robér 2008 wieder zurück zur DKP. Kommunismus war für ihn niemals eine angestaubte Vokabel aus dem letzten Jahrhundert, sondern immer Wegweiser, Auftrag und Verpflichtung im politischen Kampf für eine menschliche Gesellschaft von Morgen."

Auch seine spätere Ehefrau engagierte sich, besonders in ihren jungen Jahren, politisch gemeinsam mit Robér. Diese Liebe seines Lebens lernte Robér in der Disko „Blue Note" in Dinslaken kennen. Im April 1971 war das. An das genaue Datum konnten sich beide auch nach 40 Jahren noch erinnern. Es war nicht die viel gerühmte und in der Realität dann vielleicht doch eher selten erlebte Liebe auf den 1. Blick. Sympathie war aber von Anfang an da. Gleich bei der ersten Begegnung stellten die beiden fest, dass sie dieselbe Wellenlänge haben. Die Liebe ist dann gewachsen und im November 1972 wurde Hochzeit gefeiert. Nicht immer blieb man einer Meinung. Gemeinsam entwickelten sie eine gesunde Streitkultur. Robér selbst brauchte immer wieder mal Anstöße von außen, um aktiv zu werden und Dinge anzugehen. Aber die gab ihm seine Frau gerne.

Lange Zeit unsicher, ob sie es überhaupt verantworten konnten, ein Kind in diese Welt zu setzten, wollten sie es dann aber doch. Und auch sehr bewusst. Im Jahre 1979 wurde ihr gemeinsamer Sohn als einziges Kind geboren. Zeitlebens war Robér stolz auf seinen Sohn.

Als Ehepaar und später als Familie wurden viele schöne Urlaube unternommen.

Wasser und Meer sollte für Robér immer dabei sein. Die nahe Nordsee wurde geliebt und oft besucht. Im Jahresurlaub zog es sie dann aber in wärmere Gefilde. Dann hatte die Sonne auch eine gewisse Priorität.

Robèr war vielseitig interessiert, besonders aber an Literatur und Musik. Literarisch gab er gerne Tipps weiter. Er las gerne Kritiken und kaufte daraufhin seine Bücher. Lag mit dieser Methode seine Bücher auszusuchen selten bis nie daneben.

Wissenschaftliche Literatur fesselte ihn. Honoré de Balzac las er immer wieder gerne. Auch mit Astronomie beschäftige sich Robér gerne. Schaute mit seinem Teleskop auch gerne mal in die Sterne. Als Ausgleich zu den intellektuell anspruchsvollen Büchern, las er dann gerne Science-Fiction Romane und Perry Rhodan war dann echte Entspannung. Robér war zudem leidenschaftlicher Musikkonsument. Hörte gerne Klassik und Rockmusik. Dazwischen gab es nicht viel. In der Klassik gerne Mozart, Beethoven oder Verdi. Im Bereich der Rockmusik waren die Rolling Stones seine absolute Lieblingsband. Beide, Robert und seine Frau haben gerne danach getanzt, „gezappelt". Von den Stones mochte Robér Mick Jagger am liebsten. Zog seine Lederhose an und ahmte beim Tanzen gerne die „Jagger-Bewegungen" nach. „Zappelei mit den dünnen ‚Jagger-Beinen'" nannte das seine Frau. Intensiv interessiert hat sich Robér auch für medizinische Dinge. Angestossen durch seine Krankheit, die ihn viele Jahre begleitete. Insbesondere die Herzforschung interessierte ihn.

Das Zuhause von Robér und seiner Familie war für alle ein wirkliches Zuhause. Voerde und das Gebiet des Niederrheins liebten besonders Robér und seine Frau einfach. Beide unternahmen liebend gerne Fahrradtouren. Nannten ein Liegezweirad, ein Liegedreirad und ein E-Bike ihr Eigen. Zwischendurch irgendwo anhalten, eine Decke auf die Kopfweiden gelegt, sich drauflegen und die ziehenden Wolken am Himmel beobachten. Am liebsten verbunden mit einem anschließenden Picknick. Mehr Luxus brauchten sie nicht.

Gesundheitlich musste Robér viele Jahre mit einer ernsthaften Herz-Krankheit und daraus resultierenden körperlichen Einschränkungen leben und klarkommen. Seit dem Jahre 1998 war Robèr Frührentner. Eine den Umständen entsprechende relativ gute Lebensqualität ließ sich aber noch einige Jahre aufrechterhalten. Mit all den genannten Aktivitäten.

Die Lunge, die Bronchien und vor allem das zusehends schwächer werdende Herz bereiteten dann aber zusehends Probleme. In seinen letzten Jahren wurde Robér in seiner Mobilität immer stärker eingeschränkt. Er wartete auf ein Spenderherz. Wünschte sich dann wieder einige von den Dingen machen zu können, die er früher so gerne zusammen mit seiner Ehefrau unternommen hat. Betreut wurde er vom Herzzentrum der Uniklinik in Essen. Immer an seiner Seite war seine Ehefrau, die viel Zeit und Kraft investierte. Auch sein Sohn. Ein guter Beistand war ihm auch immer wieder sein bester Freund. Der ihm vor allem in früheren Jahren auch handwerklich zur Seite stand und die kreativen Ideen, die Robér gestalterisch durchaus hatte, dann handwerklich umsetzen konnte. Sein bester Freund war manchmal einfach nur da. Anwesend ohne große Worte und das tat Robér gut. So entlastete Robérs Freund dann auch Robérs Ehefrau und eröffnete ihr so kleine Freiräume.

Körperlich war Robér in seinen letzten Tagen sehr geschwächt. Ein Spenderherz stand nicht in Aussicht. Und schließlich war es dann körperlich eine Erlösung, als er im Juni 2011 in der eigenen Wohnung seine Augen für immer schließen durfte. Im Beisein seines Sohnes, auf den er so stolz war. Nach einem sicherlich ereignisreichen Leben. Aber keinem langen Leben. 60 Lebensjahre waren ihm vergönnt.

Frederik

Frederik wurde am 1. Dezember 1925 in Cardiff, in Wales, Großbritannien, geboren.

Seine Kinder- und Jugendjahre erlebte Frederik in seiner Geburtsstadt Cardiff. Zusammen mit seiner zehn Jahre älteren Schwester. Nach Abschluss seiner Schulzeit ließ Frederik sich zum Lokführer bei „British Railways" ausbilden und arbeitete viele Jahre als Lokführer. Die Zeit des 2. Weltkrieges in Europa hatte auch Einfluss auf sein Leben. Frederik wurde zur britischen Armee eingezogen und musste als Soldat am Krieg teilnehmen. Er sorgte dann auch mit dafür, dass Deutschland vom Nazi-Regime befreit wurde.

Während seiner Stationierung in Deutschland lernte Frederik dann die Liebe seines Lebens und die Frau fürs Leben kennen: Maria. Es war Ende 1945, im November, da wurden Maria und eine Freundin von zwei jungen englischen Soldaten zu Kaffee und Kuchen in den Duisburger Hof eingeladen. Marias Freundin wollte ihr Englisch trainieren und sprach auf der Straße Frederik und einen Kumpel an. Prompt folgte dann die Einladung zu Kaffee und Kuchen. Frederik und Maria waren sich von Anfang an sympathisch. Man traf sich wieder. Maria wurde dann auch zur Geburtstagsfeier von Frederik eingeladen, die kurz nach dem ersten Zusammentreffen am 1. Dezember 1945 anstand und zu der Frederik ein Päckchen mit damals in Deutschland raren Leckereien von seiner Familie aus England zugeschickt bekam.

Frederik und Maria sahen sich fortan öfters, Liebe wuchs und entwickelte sich. Maria wurde nach Cardiff in die Familie von Frederik eingeladen, dort freundlich aufgenommen und lebte dort schon mal eine Weile, während Frederik noch in verschiedenen anderen Regionen Europas stationiert war. Nach seiner Entlassung aus der Armee, Mitte März 1948, wurde in Wales, in der Nähe von Cardiff Hochzeit gefeiert. Viele Ehejubiläen durften die beiden erleben: die Silberne Hochzeit, die Goldene Hochzeit, die Diamantene Hochzeit nach 60 Jahren. Fast hätten sie auch die Eiserne Hochzeit nach 65 Jahren feiern können. Eine beständige Liebe und Partnerschaft.

Die ersten 14 Jahre lebte das Ehepaar in Wales. Frederik war als Lokführer bei „British Railways" beschäftigt. Die Urlaube wurden in diesen Jahren in Deutschland verbracht. Für Maria ging es Weihnachten auch immer noch einmal extra in die Heimat. Als Maria den Wunsch äußerte, wieder ganz in Deutschland leben zu wollen, ermöglichte Frederik ihr das. Kündigte seinen Job als Lokführer und fing bei einer Firma in Duisburg an, die unter anderem Bremsbeläge hergestellt hat. Frederik war gut in seinem Job, wurde hier Vorarbeiter.

Zu den Hobbys von Frederik und seiner Frau Maria gehörte das Reisen. In den Jahren ihrer Ehe haben sie viele gemeinsame Reisen unternommen und alle fünf Kontinente gesehen. In der Ehe war Frederik der ruhende Pol, ein guter Zuhörer. Ein friedliebender Mensch, mit dem man keinen Krach hatte. Zusammen als Ehepaar hatte man einen großen, angenehmen Freundeskreis. Auch hier war Frederik ein ruhender Pol, ein guter

Zuhörer. Beliebt im Haus, bei Nachbarn und Freunden. Sein feiner britischer Humor kam immer wieder durch. Seine Passion und seine Leidenschaft wurden in seinem Engagement für Frieden, Umwelt, Natur und Freiheit deutlich. Frederik war, zusammen mit seiner Ehefrau, Mitglied bei Greenpeace. Hier hat er „Herzblut investiert".

Frederik mochte Tiere und zusammen mit Maria hatten sie über viele Jahrzehnte einen Hund. Immer einen aus dem Tierheim. Zumindest immer einem der hierhin abgeschobenen Geschöpfe wollte Frederik ein neues Zuhause bieten.

Gesundheitlich ging es Frederik nur in seinen letzten Lebensjahren nicht gut. Er litt unter einer Lungenfibose, einer unheilbaren Lungenerkrankung und musste zuletzt mit einem Sauerstoffgerät leben. Es war schon eine wirkliche Leidenszeit.

Die letzten Tage seines Lebens verbrachte Frederik in einem Duisburger Krankenhaus. Hier schloss er am 19. Januar des Jahres 2013 seine Augen für immer. Mit 87 Jahren, Frederik war im 88.Lebensjahr, in einem Alter, in dem man auch gehen darf.

Jan

Jan ist am letzten Augusttag des Jahres 1923 in Amsterdam, in den Niederlanden geboren. Sieben jüngere Geschwister sorgten für turbulente und nie langweilige Kinder- und Jugendjahre. Aber bereits in jungen Jahren, mit erst 15 Jahren, erkrankte Jan an TBC und musste deshalb drei Jahre in einem Sanatorium leben. Eine klassische Berufsausbildung war ihm deshalb nicht möglich.

Jan war zweimal verheiratet in seinem Leben. Seiner ersten Ehe war kein Bestand auf Dauer vergönnt. In dieser Ehe wurden seine vier Kinder geboren: Zwei Töchter und zwei Söhne. Im Laufe der Jahre machten sie ihn zum siebenfachen Großvater. Seine Enkelkinder machten ihn dann auch zum Urgroßvater.

Aus beruflichen Gründen ist Jan irgendwann von den Niederlanden, von Holland nach Deutschland übergesiedelt und war hier zunächst in der Versicherungsbranche tätig. Über diese berufliche Tätigkeit lernte Jan seine zweite Frau und die Liebe seines weiteren Lebens kennen: Marie. Sie wollte sich in Versicherungsfragen beraten lassen und Jan hatte diesen Termin wahrgenommen. Ein historischer Termin. Die beiden mochten sich, sahen sich von da an regelmäßig, lernten sich kennen und lieben und im Dezember 1976 wurde in Duisburg geheiratet.

Beide zusammen machten sich dann mit einem Maklerbüro selbständig und handelten mit Immobilien.

Zwischen dem Paar entwickelte sich eine harmonische Beziehung, voll gegenseitiger Achtung. Sie wollten einander Freude machen. Es gelang ihnen. Als Ehepaar haben sie immer alles zusammen gemacht. Sie konnten nicht ohne einander sein. Marie hat Jan als feinen Mann, als Gentleman der alten Schule erlebt und wahrgenommen. Liebevoll, zurückhaltend und als guten Zuhörer. Beliebt in seinem Umfeld. Zu seiner Ursprungsfamilie in den Niederlanden haben beide guten Kontakt gehalten.

Jan war auch ein sehr guter Handwerker. Im spanischen Malaga, in Andalusien, haben sich die beiden Mitte der 1990er Jahre eine Wohnung gekauft haben. In dieser Wohnung hat Jan alle Renovierungsarbeiten selbst erledigt. Diese Wohnung befand sich in einem Haus direkt am Meer. In dieser Wohnung im Haus am Meer haben Jan und Marie die letzten Jahre regelmäßig überwintert. Hier fühlte sich Jan auch aus gesundheitlichen Gründen wohl. Schon allein wegen des trockenen Klimas. Hier haben sie auch viele gute Freunde gehabt. Eine kleine, internationale Gemeinschaft, die sich dort gebildet hat. Auch Leute aus den USA, aus Colorado, lebten dort phasenweise. Zu ihnen hatte sich eine enge Freundschaft entwickelt.

Überhaupt ist Jan, zusammen mit seiner Marie gerne gereist. Gerne nach Formentera oder nach Mallorca, bis man dann Andalusien für sich entdeckte und feststellte, dass es Jan dort am besten ging. Denn richtig gesund war Jan in seinen letzten Jahren nicht mehr. Zwei Herzinfarkte und Bypass-Operationen gingen nicht spurlos an seinem Körper vorüber. Und mit der TBC-Erkrankung in jungen Jahren bekam er auch eine Bürde für sein Leben mit, die man nicht mehr wirklich los wird. Trotzdem nahm Jan bis zuletzt aktiv am Leben teil und freute sich am Leben. Noch im September war er mit der ganzen Familie zusammen. also auch mit seinen Kindern aus den Niederlanden. Im BauernCAFÈ in Mündelheim, zu einer Familienfeier anlässlich des Geburtstages seiner Frau Marie. Dass sich seine Lebensspanne so bald dem Ende entgegen neigen sollte, war da nicht abzusehen. Die Überwinterungsreise nach Spanien, nach Andalusien, war schon längst geplant und die Flüge gebucht. Jan hatte schon die Adressanhänger für die Koffer beschriftet. Zusammen mit seiner Marie war er noch in Huckingen beim Friseur. Beim Kaffeetrinken zu Hause ist er dann plötzlich ohnmächtig geworden. Jan ist dann noch notfallmäßig ins St. Anna Krankenhaus nach Huckingen gebracht worden. Hier verbrachte er seine letzten Stunden im Wachkoma. Seine Marie war die ganze Zeit bei ihm. Und so musste Jan nicht alleine sein, als er am zweiten Novembertag des Jahres 2012 seine Augen für immer schloss.

An diesem 2. November 2012 endete das Leben von Jan auf dieser Erde.

Jim

„DAß EINER GESTORBEN IST, HEIßT NICHT,
DAß EINER GELEBT HAT."

Keine Überschrift, die man über das Leben von Jim Beamsley setzen kann. Jim hat gelebt. Intensiv gelebt. Bewusst gelebt. Mit vielen Höhen, manchen Tiefen. Aber er hat gerne gelebt. Gerne Vollgas gegeben. Und manchmal brannte die Kerze auch an beiden Enden. „Jim Beamsley" – und wer jetzt unwillkürlich an „Jim Beam" erinnert wird, liegt nicht wirklich daneben. Das hat dann auch was mit seiner Lebenskerze zu tun, die auch manchmal an beiden Enden brannte.

James Arnold Beamsley, wie er mit vollem Namen hieß, aber nur unter Jim bekannt, so wollte er auch nur genannt werden, wurde an einem der letzten Dezembertage des Jahres 1942 in Manchester, in England geboren. Hier wuchs er auf, von hier aus trat er freiwillig in die Britische Armee ein, wurde Berufssoldat und absolvierte den so genannten „Full Service". Die vollen 22 Jahre Dienstzeit eines Berufssoldaten. Mehr ging nicht. Viele Jahre davon war er in den damaligen britischen Kasernen in Deutschland stationiert. Eingesetzt und abkommandiert wurde er aber immer wieder an Einsatzorte in alle Welt. An Brennpunkte. In Krisengebiete. Viele Auszeichnungen zeugten davon. In der britischen Armee lernte er auch seinen besten Freund Roy kennen, mit dem er viele Situationen gemeinsam bewältigte.

Jim konnte auch ein harter Typ sein und bei den Einsätzen als Soldat war es gut, ihn an seiner Seite zu haben. So hat es sein bester Freund Roy ausgedrückt. Einen Typen, stark wie ein Bär. Jim war älter und bereits seit längerem in der Armee, als Roy eintrat und hat sich seiner angenommen. Hat auf ihn aufgepasst. Die Chemie stimmte einfach.

Auch nach seiner Dienstzeit als Soldat hat Jim weiter als Zivilangestellter für die Armee gearbeitet. In Düsseldorf und in Mönchengladbach. Sein Zuhause aber war Duisburg, war der Stadtteil Wanheimerort. Auch wenn Jim immer wieder mal drüber nachdachte nach England zurückzugehen, so wollte er doch nicht wirklich sein angestammtes Revier in Wanheimerort verlassen. Hier war er bekannt und beliebt, hier hatte er sein Netzwerk, gehörte zum Stadtbild. Sowohl optisch, als auch akustisch. Leise war Jim nicht wirklich. Unisono beschrieben Roy und Jims Sohn, Jim als lustigen, lebensfrohen Menschen. „'Spaß' war sein zweiter Vorname", so der Sohn über den Vater.

Jim war kein Freund von Traurigkeit. Ein Frauentyp. Dreimal war Jim verheiratet, doch diesen Ehen war kein Bestand auf Dauer vergönnt. Aus diesen Ehen stammen seine beiden Kinder, ein Sohn, eine Tochter. Die Tochter seiner Tochter hatte ihn auch zum stolzen Opa gemacht. Auch wenn seinen Ehen kein Bestand auf Dauer vergönnt war, beziehungslos war Jim selten bis nie. Er hatte Charme, sah jünger aus als er war und hatte auch immer wieder eine Freundin oder besser „Lebensabschnittspartnerin". Jim wollte auch immer was zu tun haben, bot gerne seine Hilfe an. Nachdem auch die Zeit als Zivilmitarbeiter der Armee vorbei war, arbeitete er im aktiven Ruhestand als Hausmeister in dem Haus, in dem sich seine Wohnung in Wanhei-merort befand. War vom Vermieter angestellt.

Als echter Engländer war Jim natürlich Fußballfan. Manchester United war seine Mannschaft. Und eigentlich wollte er zusammen mit seinem Freund Roy auch die Spiele der Englischen Nationalmannschaft während der Fußball-WM 2014 in Brasilien am Fernseher verfolgen. Dazu sollte es nicht mehr kommen. Roy wunderte sich, dass Jim sich nicht meldete wegen des ersten Englandspiels. Erreichte ihn auch telefonisch nicht. Das machte ihn stutzig. Und als er am 15.Juni in Jims Wohnung nach ihm schauen wollte, fand er ihn leblos auf der Couch vor. Jim hatte wahrscheinlich einen Herzinfarkt erlitten. Einen schnellen Tod erlitten, ohne Leiden und Qual. Wie es sich eigentlich viele wünschen. Trotzdem sehr überraschend und letztlich auch schockierend für alle, die Jim nahestanden. Denn auch wenn Jim in den letzten Tagen, in dem Menschen bewusst mit ihm zusammen waren, nicht 100 %ig auf dem Damm war und selber öfters geäußert hatte, dass er denkt, nicht mehr lange zu haben, deutete bis zur Entdeckung seines Todes doch nichts darauf hin, dass sich seine Lebensspanne so bald dem Ende entgegen neigen sollte.

Und auch wenn sich Jim immer einen fröhlichen Abschied gewünscht hat, war der Moment des GOOD BYE von einem geliebten, nahestehenden Menschen

dann doch auch ein Moment des Schmerzes und echter Trauer.

Dieser Zeitpunkt des GOOD BYE, der dann doch so plötzlich für die meisten gekommen ist. Jims Lebensspanne endete nach 71 ½ Jahren Mitte Juni 2014 in Duisburg-Wanheimerort. Hier haben sich die Menschen auch von ihm verabschiedet. Standesgemäß, auch ein wenig mit militärischen Ehren. Die britische Flagge zierte den Sarg. Dafür sorgte Roy, sein bester Freund. Jims Körper wurde eingeäschert und die Urne mit seiner Asche nach England überführt und dort beigesetzt.

Alfred

Alfred wurde am 9. Oktober 1933 in Hamburg geboren. Hineingeboren in eine „Binnenschiffer-Familie". Eigentlich eine „Binnenschiffer-Dynastie". Seine Eltern waren in 5.Generation in Folge Binnenschiffer. Alfred bildete mit seiner Familie später die sechste 6.Generation in Folge. Bis er in das schulpflichtige Alter kam, wuchs Alfred teils in seiner Geburts- und Heimatstadt Hamburg auf und teils auf dem Wasser, an Bord des Familienschiffes. Ab seinem 6.Lebensjahr dann zunächst weiter im Schifferkinderheim Fürstenberg „Fiete Schulz" bei Eisenhüttenstadt an der Oder, in Brandenburg. Hier erhielt der junge Alfred den ersten Teil seiner schulischen Ausbildung. Aber die Jahre der Irrungen und Wirrungen des Naziregimes in Deutschland und des daraus resultierenden 2. Weltkrieges wirbelte auch sein Leben schon in jungen Jahren etwas durcheinander. Gegen Kriegsende erlebte Alfred die Flucht und kam wieder nach Hamburg. Zunächst zu einer Tante. Besuchte dann hier weiter die Schule und erlebte die letzten Schuljahre bei seiner Oma in Hamburg.

Eine schrecklich frühe Verlusterfahrung für Alfred galt es zu verarbeiten, als sein sechsjähriger Bruder Gerhard Ende der 1940er Jahre bei einem Schiffsunglück ertrank.

Nach Beendigung seiner Schulzeit absolvierte Alfred seine Berufsausbildung zum Binnenschiffer in Hamburg und machte dort auch seine verschiedenen Patente und sein Kapitänspatent. Setzte dann in 6.Generation die Familienlinie der Binnenschifffahrt fort. Dies war genau sein Ding. Neben seiner Familie, die ihm über alles ging, war dies sein Leben. Alfred ließ sogar ein neues Schiff bauen. Auf der Werft der Industriewerke Berlin. Die „Uranus", ein Europamass-Schiff. Mit einem vollständig ausgestatteten Wohnbereich und einer 900 PS Maschine, die auch 2018 noch lief. Allerdings seit vielen Jahren unter einem neuen Eigentümer. Sie wurde verkauft, als Alfred in Rente ging.

Da es mit der Binnenschifffahrt auf der Elbe und im Norden damals in den 1960er Jahren schwieriger wurde, entschlossen sich Alfred und seine Ehefrau Sigrid, ihre norddeutsche Heimat zu verlassen und künftig auf dem Rhein zu fahren. Mit Duisburg fand sich eine neue Landbasis. Ein neues Zuhause für die Zeiten, in der man nicht auf den Wasserstraßen unterwegs war.

Sigrid war die Liebe seines Lebens und seine Frau fürs Leben. Kennengelernt haben sich die beiden in Hamburg, beim „Ball der Schifffahrt" im Winterhuder Fährhaus. Alfred war 20 Jahre jung, Sigrid 18, als es bei beiden gefunkt hat. Getraut haben sie sich schließlich auch etwas. Anfang August 1956 wurde in Hamburg Hochzeit gefeiert. Wenn man nicht gemeinsam auf den großen Flüssen und Kanälen unterwegs war, hat das Ehepaar in Hamburg „Am Mühlenhof" gewohnt, in der Nähe der Alster. An der späteren neuen Landbasis in Duisburg fand sich im Hafenstadtteil Ruhrort ein neues Zuhause für Alfred und seine Familie. Ein wenig wurde er hier auch immer an die Hamburger Hafengegend erinnert. Hier fühlte Alfred sich wohl. Fast 62 gemeinsame Jahre als Ehepaar waren Alfred und Sigrid vergönnt. Die Diamantene Hochzeit wurde noch gemeinsam erlebt. Ihre Goldene Hochzeit im Jahre 2006 haben sie mit einer Rundreise gefeiert. Die beiden besuchten Orte und Menschen aus ihren jungen Jahren. Ein Nostalgie-Trip durch Norddeutschland.

Aus dem glücklichen Ehepaar wurde im Laufe der Jahre eine kleine glückliche Familie. Eine Tochter und ein Sohn wurden geboren. Beide erlebten glückliche Kinderzeiten. Alfred war, neben seiner Leidenschaft für die Binnenschifffahrt, ein Familienmensch durch und durch. Alles, was in seiner Macht stand, tat er für die Familie. Auch allgemein war Alfred ein sehr hilfsbereiter Mensch.

Mit seinen Kindern hat er liebend gerne Schach und Mühle gespielt und Kopfrechnen spielerisch geübt. Wenn die Laderäume seines Schiffes leer waren, hat Alfred sie im Sommer auch schon mal voll Wasser laufen lassen, eine Leiter reingestellt und so hatten Tochter und Sohn ihr eigenes Schwimmbad an Bord. Ein kleiner Luxus für die Kinder. Gerne hat er dazu große Schüsseln mit viel Eis organisiert.

An freien Tagen und im Urlaub besuchten Alfred und seine Sigrid mit ihren Kindern gerne Museen, Zoos, Kirchen und die Kirmes. Zehn Jahre ging es auch zusammen nach Österreich zum Wandern. Zehn Jahre, zusammen mit den Kids, zum Skilaufen. Natürlich ebenfalls in die Berge, denn Wasserski auf dem Rhein war trotz eines 900 PS-Motors doch nicht möglich.

Sogar zu Fernsehstars wurde Alfred mit seiner Ehefrau und mit ihrem Schiff, der Uranus.1995 ging ein Fernsehteam an Bord für die Reportage „Mit halber

Fracht und halber Kraft – Binnenschifffahrt im Winter". Im ZDF lief „Als die Dampfer den Rhein verließen", ebenfalls mit der Uranus sowie natürlich Alfred und Sigrid. In der Fernsehserie „ACHTUNG ZOLL" war die Uranus ein Schmugglerboot. Besondere Momente, an die sich das Paar immer wieder gerne erinnert hat. Es war durchaus auch ein turbulentes Leben, das Alfred mit seiner Sigrid geführt hat. Gerne geführt hat. Alfred war ein lebensfroher, fröhlicher Mann und Mensch. Der viel gelacht hat, den Menschen zugewandt war und eine positive Lebenseinstellung hatte. Der zudem viel gelesen hat. Hundeliebhaber war er. Lange und regelmäßig waren Hunde mit an Bord. Alfred hat auch sehr gerne gefeiert. Auf dem „Ball der Schiffer" beispielsweise. Dann hat er auch mal einen „gezwitschert". Auch gegessen hat Alfred gerne. Das hat er genossen. Besonders in der Weihnachtszeit.

Weite Reisen wurden sich dann in den Rentnerjahren gegönnt. Nach Griechenland ging es, auf die Insel Kreta, nach Paris, St. Petersburg. Städtetouren mit dem Schifferverein unternommen. Nach Schlesien und nach Breslau ging es. Auf eine Rundreise durch die neuen Bundesländer. Gerne hat man Weihnachtsmärkte besucht. Mit dem Postschiff der Hurtigruten haben sich Alfred und Sigrid dann einen Traum erfüllt und sind auf einer Nordlandtour bis zum Nordkap, bis zum Polarkreis gefahren.

Alfred war auch sehr stolzer Opa seiner einzigen Enkeltochter. Hatte ein inniges Verhältnis zu ihr. Der Tochter seines Sohnes. Der 2014 unerwartet, mit erst 54 Jahren verstarb. Eine Verlusterfahrung, die seine

Ehefrau Sigrid im Wesentlichen alleine verarbeiten musste, weil Alfred zu diesem Zeitpunkt schon stark von einer Demenzerkrankung gezeichnet war und es wohl nur ansatzweise mitbekommen hat.

Ende des ersten Jahrzehnts des neuen Jahrtausends wurde bei Alfred eine Demenzerkrankung diagnostiziert, die sich zusehends seiner bemächtigte und die in den letzten Jahren immer stärker zutage trat. Eine mit dieser Krankheit oft einhergehende Persönlichkeitsveränderung machte sich bemerkbar. Eine Herausforderung insbesondere für seine Ehefrau Sigrid. Die sie aber meisterte. In guten wie in nicht so guten Tagen", wie man es sich einmal vor dem Traualtar bei der Hochzeit gegenseitig versprochen hat. Seit Anfang des Jahres 2018 baute Alfred körperlich deutlich ab. Er wurde immer schwächer. Schließlich ist er Mitte Juni 2018 im Beisein seiner geliebten Sigrid ganz entspannt eingeschlafen. Nach erfüllten und selbstbestimmten fast 85 Jahren auf dieser Erde. Im Juni 2018 endete so das Leben des Binnenschifffahrtkapitäns Alfred in Duisburg-Ruhrort.

Peter

Peter Bartz, geborener Grubbe, wurde im Februar 1970 in Duisburg geboren. Ein echter Duisburger Jung. Die Stadt seiner Geburt blieb auch zeitlebens sein Zuhause. Aufgewachsen ist Peter im Duisburger Süden, im Stadtteil Buchholz. Zusammen mit seiner „kleinen Schwester". Buchholz blieb auch sein Revier. Hier bewohnte Peter seit über 20 Jahren mit seiner eigenen Familie ein Haus in der Afrika-Siedlung.

Seine Kinder- und Jugendjahre waren keine einfachen Jahre für Peter. Besonders nicht in familiärer Hinsicht. Der Vater war rabiat bis gewalttätig, die Eltern trennten sich. Es lief nicht wirklich optimal. Aber Peter machte, zusammen mit guten Freunden, das Beste aus seinen Jugendjahren.

Nach erfolgreichem Abschluss seiner Schulzeit begann Peter eine berufliche Ausbildung als Bäcker und Konditor in der Bäckerei Hollubeck in Duisburg-Bergheim. Aufgrund einer Mehlstauballergie konnte er die Ausbildung leider nicht beenden. Peter hatte aber ein natürliches und großes handwerkliches Talent. Das ließ er durch Kurse und Fortbildungsmaßnahmen entsprechend ausbilden und letztlich traute er sich auch an fast alles ran. Und wenn es mal handwerkliche Herausforderungen gab, mit denen er noch nicht konfrontiert war, holte er sich im beginnenden digitalen Zeitalter auch gerne Tipps aus den You-Tube-Tutorial-Videos. Peter wusste immer eine Lösung und hatte das handwerkliche Geschick, diese Lösungen auch umzusetzen.

Eine Weile arbeitete Peter bei einer Firma im Pipeline-bau auf Montage, war dann auch Deutschlandweit unterwegs. Oder bei einem Gleisbauunternehmen für die Deutsche Bahn in Wedau. Aber im Wesentlichen war er selbständig aktiv. Nach und auf Anweisung zu arbeiten, war nicht so sehr sein Ding. Peter war ein selbständiger, gerne selbstbestimmter Typ. Hatte sich in seinem Revier einen guten Kundenkreis aufgebaut. In so manchen Häusern und Gärten des Duisburger Südens und darüber hinaus wird vieles noch lange an Peter erinnern. Es war immer wieder erstaunlich, welche Lösungen auch für knifflige Dinge gefunden wurden. Für viele war Peter eigentlich immer der erste Ansprechpartner, wenn es um arbeitstechnische Lösungen in und am Haus und im Garten ging. „Ich frag mal Peter, ob er Zeit hat", diesen Satz werden viele Duisburgerinnen und Duisburger immer wieder mal von sich gegeben haben. Viele sehen ihn vor ihrem geistigen Auge wahrscheinlich immer noch mit seiner „gelben Emma" – seinem gelben Fahrrad, einem echten Kultgerät – um die Ecke biegen und die Einfahrt hochfahren.

Aber Peter auf seine Rolle als einen mehr als verlässlichen Handwerker zu reduzieren, greift deutlich zu kurz. Er war vor allem auch ein liebender Ehemann und ein guter Vater. Für so manchen ein enger und bester Freund.

Die Liebe seines Lebens und die Frau fürs Leben lernte Peter Grubbe, wie er damals noch hieß, mit Bärbel Bartz kennen. Einen kleinen Tacken länger auf dieser Welt als Peter. Aufgefallen ist sie ihm schon als 12jähriger, vom Wohnzimmerfenster aus, wenn sie die

Straße entlang ging. Mit ihren Schuhen und den hohen Absätzen. Ein „heißer Feger". So hat Peter es Bärbel später gestanden. Aber bevor sie tatsächlich zusammenkamen, sollten noch einige Jahre ins Land gehen.

Bärbel, eigentlich auch Buchholzerin, lebte zwischenzeitlich in Hochfeld. Zur Beerdigung ihres Großvaters war sie im Februar 1991 aber wieder einmal in Buchholz. Nach der Beerdigung ging es für Bärbel mit ihrer Mutter und ihrer Oma noch zum Kaffeetrinken ins Bistro an der Lüderitzallee, in Buchholz. Damals ein beliebter Treffpunkt. Peter, gerade 21 Jahre jung, saß mit einem Kumpel an der Theke. „Da kommt gerade meine Traumfrau", raunte Peter seinem Kumpel zu, als Bärbel den Raum betrat. „An die kommst Du nicht ran", meinte sein Kumpel nur lapidar. Peter hat ihn eines Besseren belehrt. Nach einer Weile hat er Bärbel an diesem Tag einfach angesprochen und sie haben tatsächlich Telefonnummern ausgetauscht. Auch ein Küsschen auf die Wange gab es zum Abschied. Recht schnell nahm die Liebe Fahrt auf. Bereits im November desselben Jahres wurde mit einer großen Fete im „Haus Scheuten" die Verlobung gefeiert. Bärbel brachte mit Marco ihren damals vierjährigen Sohn aus einer früheren Beziehung mit in die neue Zweierschaft. Peter hat dann quasi schon in recht jungen Jahren mit die Vaterrolle übernommen und es gab Zeiten, da hat Marco Peter auch „Papa" genannt.

Inzwischen ist Marco selber verheiratet und zweifacher Vater.

Bärbel ist 1994 zurück nach Buchholz gezogen, in das Haus ihrer Großmutter, in der Afrikasiedlung. Welches dann auch das Zuhause und die Heimat der Familie vom Peter und Bärbel wurde und geblieben ist.

Die Verlobungszeit zwischen Peter und seiner Bärbel wurde reichlich ausgedehnt. Vielleicht frei nach dem alten Verlobungsmotto: „Darum prüfe wer sich ewig bindet". Erst im Milleniumsjahr haben sich die beiden auch etwas getraut und im Mai 2000 haben Peter und Bärbel geheiratet. Das natürlich auch noch einmal entsprechend gefeiert. Peter nahm dabei den Namen seiner Frau an: Bartz. Damit fühlte er sich wohler als mit seinem Geburtsnamen. Und befreiter. Peter und Bärbels erstes gemeinsames Kind, Tochter Mandy, hat die Hochzeit auch schon mitgefeiert. Sie wurde im Februar 1999 geboren. Peter war natürlich dabei. Genauso wie bei der Geburt seines Sohnes Rico, der am 19. Oktober 2001 geboren wurde. Peter war ein stolzer und glücklicher Vater.

Fast 30 Jahre waren Peter und Bärbel als Paar vergönnt. Manchmal war es auch ein herausfordernder gemeinsamer Weg, aber sie entwickelten eine gesunde Streitkultur und waren bei allem glücklich verheiratet. Peter nannte Bärbel gerne „meine Elsbeth", nach einem Charakter der Fernsehserie „Die Waltons". Für seine Kinder war Peter immer ansprechbar. Mandy, die Peter „Meine Nase" nannte, war er immer ein guter Gesprächspartner und hat ihr handwerklich viel beigebracht. Wenngleich er als Vater auch manchmal ein „Sturkopf" sein konnte. Dürfen Väter auch mal sein ... Aber als Vater war Peter immer da, wenn es drauf ankam. Er war es, der im Babyalter für seine Tochter die Fläschchen vorgewärmt hat. Er war auch ein guter Krankenpfleger. Als Mandy wegen einer Salmonellenvergiftung im Krankenhaus lag, hat Peter die ganze Nacht im Krankenhaus bei seiner Tochter verbracht. Und beim Aufwachen wurde ihr dann zur Aufmunterung eine „Baby-Born-Puppe" präsentiert, die sie sich schon so lange gewünscht hatte.

Als Peter zwei Jahre nach Mandys Geburt seinen Sohn Rico im Krankenhaus direkt nach der Geburt im Arm hielt, war Peter wieder richtig begeistert. Und er wusste, das wird mal ein „Großer". Die beiden hatten nicht so sehr ein „Kuschelverhältnis", aber ein sehr verlässliches Vater-Sohn-Verhältnis. Eher ein „Kumpelverhältnis". Rico ist es besonders schwergefallen, seinen Vater in seinen letzten Monaten leiden zu sehen. In Peters letzten Tagen auf dieser Erde hat er ihm versprochen: „Papa ich pass auf die Mama auf. Und ich mach meine Ausbildung fertig". Das war ihm wichtig.

Auf Reisen war Peter in seinen letzten Jahren selten anzutreffen. In früheren Jahren war er dafür gerne unterwegs. Zum Beginn ihrer Partnerschaft waren Peter und Bärbel einige Jahre hintereinander im Dezember auf Gran Canaria. Peter hat das Wasser, vor allem das Meer geliebt. In jungen Jahren ist er mit seinen Freunden, mit den „Jungs", gerne zum Zelten nach Holland ans Meer gefahren. Nach Renesse, nach Scheveningen. Hat auch einen Angelschein gemacht und vor allem früher viel geangelt.

Zum Wohlbefinden brauchte Peter in den letzten Jahren nicht so viel. Er freute sich, wenn Menschen mit seiner Arbeit zufrieden waren. Nach getaner Arbeit, zum Feierabend, ging es zunächst mal in sein „Heiligtum", in seine Garage. Hier hingen alle seine Werkzeuge. Das Garagentor aufziehen, Feierabendbier öffnen und erstmal Zeitung lesen. Wenn „seine Elsbeth" dann bemerkte, ob er nicht erst einmal reinkommen und Hallo sagen könne, meinte er nur trocken: „Wieso, ihr habt doch gehört, dass ich da bin."

Peter hat im Garten liebend gerne gegrillt mit der Familie. Sich hier auch über viele Jahre immer wieder mit seinen Freunden Andreas und Uwe getroffen. Ursprünglich war es mal eine fünfköpfige Freundesclique, aber mit Andreas und Uwe blieb das Verhältnis bis zuletzt eng und herzlich.

Das Leben hätte für Peter und sein Lebensumfeld noch lange so weiter gehen dürfen. Gesundheitlich wurde bei Peter aber in der ersten Jahreshälfte 2019 eine Lungenkrebserkrankung diagnostiziert. Leider nicht erst im Anfangsstadium.

Ein Schock für ihn und die Familie. Peter entschloss sich, den Kampf mit der Krankheit aufzunehmen. Nach entsprechenden Therapien stellten sich erste kleine Erfolge ein. Peter nahm auch wieder die ersten Jobs an. Ging arbeiten. Oft mit Unterstützung von Mandy, die so auch auf ihren Papa aufpassen wollte. Anfang des Jahres 2020 wurde dann aber deutlich, dass sich seine Lebensspanne wohl bald dem Ende entgegenneigen sollte. Seinen 50. Geburtstag wollte Peter aber gerne noch erleben und auch feiern. Das war ihm auch vergönnt. Zuhause. Mit Familie und einigen Freunden. Da war er auch noch ein wenig mobil.

Die letzten Wochen, die er zu Hause verbrachte, waren nochmal ein echter Kampf.

Für seinen geschwächten Körper waren die Neben-folgen der Therapien letztlich zu viel. Seine Familie war bei ihm. Und ganz zuletzt seine Bärbel, als Peter am 2. Juni des Jahres 2020 in den Morgenstunden um 7:45 Uhr seinen letzten Atemzug tat.

Das war bei allem sicherlich auch ein kleines Ge-schenk, eine echte Gnade, in dieser Zeit, in diesem Mo-ment nicht alleine sein zu müssen, sondern von den und dem Menschen bis zum Schluss begleitet zu wer-den, die einem auf Erden mit am liebsten sind. Von der Familie, von den Kindern, von der Partnerin, von seiner Bärbel, seiner Elsbeth.

Das Leben von Peter Bartz auf dieser Erde endete am 2. Juni 2020.

Hermann Ihde

Hermann Ihde erblickte am 7. Mai 1908 im mecklenburgischen Goldenstädt das Licht der Welt. Seine
Eltern betrieben in diesem Dorf nahe Schwerin eine
Landwirtschaft. Sieben weitere Geschwister gesellten
sich dazu: Wilhelm, Walter, Fritz, Karl, Robert, Gerda
und Frieda. Seine beiden Schwestern, Gerda und Frieda, leben zum Zeitpunkt der Abfassung von Hermanns
Lebensgeschichte noch – Sommer 2020 – und sind
immer noch relativ gut beisammen. Gerda ist 98 Jahre
und Frieda 92 Jahre jung. Auch die Brüder haben ein
hohes Alter erreicht.

Seine Kinder- und Jugendjahre erlebte Hermann
in seinem Geburtsort, in Goldenstädt. Besuchte hier
auch die Schule. Er war noch sehr jung, als für ihn das
Berufsleben begann. Für die damalige Zeit nicht unge-
wöhnlich. Eher die Normalität. Mit 14 Jahren trat er
eine Stelle in der Landwirtschaft an. In Friedrichsmoor,
einem Nachbardorf. Hier lernte er von der Pike auf.
Vom Stall ausmisten bis zum Pferdekutscher reichte
das Beschäftigungsfeld. Hermann hat gerne gearbeitet.
Auch nach erfolgreichem Abschluss seiner landwirt-
schaftlichen Ausbildung blieb er zunächst in Friedrichsmoor. Friedrichsmoor war ein kleines, überschau-
bares „Straßendorf". Schnell wusste man, wer hier lebte.
Frieda Lange zum Beispiel. Sie kam aus Mirow und
war auf einem anderen Bauernhof in Stellung. Führte dort den Haushalt. Hermann lernte mit Frieda die
Liebe seines Lebens und die Frau fürs Leben kennen.
Die hatte es ihm wirklich angetan. Denn bevor sie sich

vor dem Traualtar in der Evangelischen Kirche zu Uelitz am 3.November 1936 das Ja-Wort gaben, nannten sie schon eine Tochter ihr Eigen: Gerda. Geboren Anfang Juli 1936 in Mirow. Aber in den Sommermonaten stand Arbeit und Ernte auf dem Feld an. Keine Zeit zum Heiraten. Das wurde dann im Herbst nachgeholt. Über 63 Jahre lebten Hermann und Frieda schließlich als Ehepaar zusammen. So, wie sie es sich einmal versprochen haben: „Bis das der Tod uns scheidet". Die Diamantene Hochzeit von Hermann und Frieda, ihr 60.Hochzeitstag, wurde 1996 noch sehr bewusst in einem schönen und bewegenden Gottesdienst auf „Plattdütsch" in derselben Kirche in Uelitz gefeiert, in der sie sich zum ersten Mal das „Ja-Wort" gaben. Im großen Kreis der Familie, die die Kirchenbänke füllte.

Nachdem Hermann seine Frieda geheiratet hatte und auch bereits Familie waren, arbeiteten beide erst einmal weiter auf einem Bauernhof. Hermann hoffte, selbst bald einmal einen zu besitzen. Doch es kam zunächst anders. Wie vieles in seinem Leben. Hermann Ihde zog mit seiner noch kleinen Familie nach Crivitz und trat eine Stelle als Waldarbeiter an, mit der er sein Geld verdiente. Hier in Crivitz kam Sohn Heino zur Welt. Hermann benötigte Platz für die größer werdende Familie und den fand man in Wüstmark. Das dritte Kind, Sohn Horst kam hier zur Welt. Es war schon viel Bewegung in der noch jungen Familie. Auch wenn durch die Umzüge keine großartigen Lebensraumwechsel vollzogen wurden. Alles spielte sich in Mecklenburg, rund um Schwerin ab. Von Wüstmark aus fand Hermann Arbeit als Tankwart auf einem Flugplatz.

Bei aller Bewegung und Aktion war Hermann Ihde Familie immer wichtig.

Seine älteste Tochter, zum Zeitpunkt der Entstehung dieses Textes selber 84 Jahre auf dieser Welt, erzählte immer wieder, wie ihr Vater mit den Kindern abends am Bett gesungen und mit ihnen das Abendgebet gesprochen hat. Sonntags ging es zum ausgedehnten Spaziergang in den Wald hinaus. Damals gab es schon die obligatorische „Einkehr", die später mit den Enkelkindern weiter praktiziert wurde.

Aber in dieser Zeit verdunkelte sich der Himmel über Deutschland mehr und mehr. Der durch Nazideutschland entfachte zweite Weltkrieg war in Gange. Auch Hermann Ihdes Leben und das Leben seiner Familie bekamen dadurch so nicht geplante Wendungen. Hermann Ihde wurde noch als Soldat eingezogen. Nicht von Beginn an und die vorderste Front blieb ihm glücklicherweise erspart. Aber er war dann auch schon über Mitte 30, als der Einberufungsbefehl kam und er auf einem Flugplatz stationiert wurde. In Sennelager und Munster, also in Westfalen. Fernab der mecklenburgischen Heimat. Zumindest das Umfeld „Flugplatz" war ihm da nicht gänzlich unbekannt. Bevor Hermann aber eingezogen wurde, kaufte er für die Familie noch auf die Schnelle ein Haus in Holthusen. Hier kam Tochter Helga als viertes Kind zur Welt. Hermanns Frau Frieda musste in dieser Zeit alleine für die Familie sorgen.

Bei Kriegsende befand sich Hermann aber wieder in der Nähe seines Zu Hauses und geriet hier noch in Gefangenschaft. Als seine Gruppe von Kriegsgefangenen, mit denen er in ein Lager geführt werden sollte, in der Nähe seines Wohnortes vorbeikam, ließ sich Hermann Ihde kurzerhand in einen Straßengraben fallen.

Er wurde nicht entdeckt, flüchtete sich in einen nahen Wald und trat den Heimweg nach Holthusen zu Fuß an. Er kam schnell und vor allem gesund wieder zuhause an. Die Freude war groß. Offensichtlich vor allem bei Frieda. Kind Nummer fünf, Sohn Wolfgang, wurde bald geboren. Um ihr neues Haus herum betrieben sie eine kleine Landwirtschaft. Noch nicht der in jungen Jahren erträumte eigene Bauernhof. Aber ein Anfang.

„Eigener Herr, auf eigener Scholle" – sein Lebenstraum fing an Konturen anzunehmen. Sich zu verwirklichen. Für die inzwischen große Familie warf die kleine Landwirtschaft in Holthusen aber nicht genug ab. In Neu-Zachun, immer noch in der Region Schwerin, wartete eine größere Landwirtschaf, ein großer Bauernhof, den Hermann erwarb. Noch einmal war umziehen angesagt im schönen Mecklenburger Land. Hier in Neu-Zachun ging es dann allerdings auch für die Familie arbeitsmäßig richtig zur Sache. Pferde, Schweine und Rinder sollten versorgt und die Felder bestellt werden. Noch einmal meldetet sich Nachwuchs an. Tochter Rosemarie, Rosi, kam als sechstes Kind zur Welt. Das Nesthäkchen.

Der Lebenstraum von Hermann Ihde, „eigener Herr auf eigener Scholle" zu sein, wurde, kaum dass er begann, schon früh unterbrochen. Mecklenburg gehörte nach dem Krieg zu den Ländern in Deutschland, die dem sozialistischen bzw. kommunistischen Einflussbereich zugeordnet wurden. Hermann lebte mit seiner Familie nun in der DDR, dem nicht freien Staat auf deutschem Boden. Eine Zwangsenteignung seines Eigentums, seines Grund- und Bodens zum Wohle der Volksgemeinschaft zeichnete sich ab. Sein Bauernhof sollte in eine LPG überführt werden. Als freiheitsliebender Mensch, der nach Möglichkeit seine eigenen Entscheidungen trifft, organisierte Hermann Ihde nun, zusammen mit seiner Ehefrau Frieda, die Flucht in den Westen, in den freien Teil Deutschland. 1955 war das.

Das Haus, das Grundstück und die Felder in Neu-Zachun wurden zunächst in der Obhut der älteren Kinder gelassen. Im Laufe der nächsten drei Jahre folgten diese ihren Eltern. Die „eigene Scholle" wurde zurückgelassen. Ganz bewusst. Dass sie Jahrzehnte später wieder zurück übereignet werden sollte, damit war nicht zu rechnen.

Für Hermann und Frieda und seine jüngsten Kinder ging es 1955 über Berlin nach Hamburg. Da sich Hermann Ihde in einem Mühlenbetrieb in Hamburg sehr schnell eine Arbeitsstelle besorgte, konnten er und seine Familie auch in Hamburg bleiben. Gingen nicht nach Nordrhein-Westfalen, wie so viele, die aus Mecklenburg geflüchtet waren. In Hamburg hat Hermann für sich und seine Familie recht schnell eine Existenz aufgebaut und wieder ein Zuhause gefunden. Auch wenn ein Teil des Herzens in der Heimat Mecklenburg blieb, die ja in unmittelbarer Nachbarschaft lag, aber für Jahre einfach nicht mehr zu erreichen war.

Kurz nach der Ankunft im Westen blieb Hermann Ihde, seiner Frau Frieda und ihren Kindern aber ein schwerer Schicksalsschlag nicht erspart. Sohn Horst, der seit seiner Geburt mit einem Herzfehler lebte und auch mehr und mehr darunter litt, verstarb mit erst 17 Jahren während einer Operation, in die alle so große Hoffnungen setzten. Das war noch einmal ein harter Schlag, der kurz nach der Ankunft im Westen verarbeitet werden musste. Unter dem Hermann besonders litt, weil er mit seiner Unterschrift in die Operation an seinem minderjährigen Sohn eingewilligt hatte, die ein eigens aus den USA eingeflogener Herzspezialist durchführte. Es war ein großes Risiko, aber auch eine letzte Chance für Hermanns Sohn Horst. Irgendwann konnte Hermann dann aber auch wieder aktiv am Leben teilnehmen. Er lernte, mit dieser Lücke zu leben.

In der Archenholzstraße, in Hamburg-Billstedt, fand man ein neues Zuhause. In der für seine Familie, seine Kinder und späteren Schwiegerkinder und dann auch Enkelkinder, legendären Archenholzstraße. Ein alter, roter Backsteinbau, mit einer Wohnküche, in der ein Herd stand, der mit Kohle und Holz auf Temperatur gebracht werden musste, um Friedas hervorragende Hausmannskost hervorzubringen. Für die Enkelkinder war die Wohnung in der Archenholzstraße Ausgangspunkt für so manch ereignisreichen Spaziergang mit „Opa Billstedt" zur Baggerkuhle in Öjendorf oder ins Zentrum von Billstedt.

Beruflich wechselte Hermann vom Mühlenbetrieb in einen Bierverlag, wo er im Lager arbeitete. Aber für einen Mann, der die frische Luft auch beim Arbeiten gewohnt war, war auch hier nicht der richtige Platz. Mit Mitte 50 nutzte Hermann Ihde die Chance, noch einmal die Arbeitsstelle zu wechseln, ging quasi in den Öffentlichen Dienst. Auf dem Friedhof in Öjendorf fand er eine Anstellung als Gärtner und war fortan für die Stadt Hamburg beschäftigt. Genau wie seine Frau Frieda, die im Schuldienst arbeitete, konkret im Reinigungsteam einer Schule, die damals noch bei den Kommunen und Städten angesiedelt waren. In einem Alter, in dem viele Menschen heute an einen möglichen Vorruhestand denken, machte Hermann Ihde noch einmal eine Gärtnerprüfung, die er auch bestand. Im damals klassischen Rentenalter von 65 Jahren wurde er dann in den wohl verdienten Ruhestand verabschiedet, ausgestattet mit einer zusätzlichen Betriebsrente der Stadt Hamburg, und wurde zum aktiven Rentner.

Kurz davor, als alle Kinder bis auf die jüngste Tochter aus dem Haus waren, zog Hermann mit Frieda und Rosi in den Kaeriusweg nach Hamburg-Öjendorf. Hier bezogen sie eine Wohnung in einem neu erschlossenen Wohnviertel der SAGA. Einem Hamburger Wohnungsunternehmen. Dritter Stock, mit Balkon. Und so ein bisschen erfüllte sich jetzt doch noch oder noch einmal sein Lebenstraum, „eigener Herr auf eigener Scholle" zu sein. Ein großes Stück Gartenland wurde gepachtet, an der Grenze zu Oststeinbek in Schleswig-Holstein. Aber noch auf Hamburger Gebiet.

Mit vereinten Kräften der Kinder und Schwiegerkinder wurde ein solides Häuschen auf diesem Gartenland errichtet. In dem auch gekocht und bei Bedarf auch übernachtet werden konnte. Sobald der Frühling nun die ersten wärmenden Sonnenstrahlen zuließ, waren Hermann und seine Frieda hier zu finden. Es hat beiden viel Spaß gemacht, sich hier auszutoben und Lebensmittel des täglichen Bedarfs anzubauen, zu verarbeiten und dann auch zu verbrauchen. Auch für die Familien der Kinder fiel noch genug ab. Von der Wohnung im Kaeriusweg bis zum Garten war zwar immer eine gute Wegstrecke zurückzulegen, aber Marschieren und Fahrradfahren hat fit gehalten. Ansonsten gab es auch noch die Öffentlichen Verkehrsmittel in Form von Bussen.

1989 war Hermann Ihde noch ein besonderes Highlight vergönnt. Der „Eiserne Vorhang" fiel. Die „DDR" wurde Geschichte. Mecklenburg war wieder frei zugänglich. Sogar die „eigene Scholle" in Neu-Zachun wurde zurück übertragen. Zwar wollte Hermann im gestandenen Rentenalter nicht anknüpfen, wo er vor fast 40 Jahren aufgehört hatte, aber es war ein besonderes Glück und ein besonderer Moment der Geschichte, so etwas mit erleben zu dürfen. Um die Verwaltung und alle Angelegenheiten kümmerten sich die Kinder, denen alles übertragen wurde.

1997 stand noch einmal ein Umzug für Hermann Ihde und seine Ehefrau an. Hermann war inzwischen 89 Jahre alte. Fit fast wie ein Turnschuh. Von Hamburg-Öjendorf ging es in eine schnuckelige altengerechte Wohnung in Oststeinbeck, auf Holsteiner Seite. Ein echtes Geschenk. In unmittelbarer Nachbarschaft zum Garten. Vom Wohnzimmerfenster aus konnten sie ihn sehen. Nur ein großes Feld lag dazwischen. Hier blühten beide noch einmal auf. Hermann Ihde, der nie kontaktscheu war, fand sich schnell in der neuen Nachbarschaft zurecht und genoß die Nähe zu seiner Scholle.

Er war fit, es ging ihm körperlich gut. Er nahm weiterhin aktiv am Leben teil. Beide, Hermann und Frieda Ihde, sorgten für einen beispiellosen, nicht selbstverständlichen Familienzusammenhalt. Bis zuletzt wurden immer wieder große Feste gefeiert. Gelegenheiten gab es bis zuletzt. Sei es die Diamantene Hochzeit, der 90. Geburtstag von Hermann oder der 85. Geburtstag seiner Frieda.

Anfang des Jahres 2000 erlitt Hermann mit 91 Jahren, weit in seinem 92. Lebensjahr, einen leichten Schwächeanfall, mit kurzzeitigem Gedächtnisausfall. Er erholte sich schnell und nach ärztlichem Befund war alles wieder in Ordnung. Bei einem der letzten längeren Gespräche von Hermann Ihde mit seinem ältesten Enkelsohn erwähnte Hermann, dass er gerne noch 10 Jahre leben würde. Um zu sehen, wie sich die Welt am Beginn des 3. Jahrtausends so entwickelt. Auch mit seinen 91 Jahren hatte ihm seine Familie die paar Jahre noch zugetraut. Auch gewünscht.

Am Sonntag, den 2. April des Jahres 2000, besuchte er mit seiner Frieda noch einmal die Familie seiner ältesten Tochter. Auch ein Teil der Enkel und Urenkel waren anwesend. Und nach dem Mittagessen und dem Genuss seiner vorgewärmten Flasche Bier (Hermann trank am liebsten aus der Astra-Knolle, die auf der Heizung leicht vorgewärmt wurde), machte er seinen üblichen ausgedehnten Spaziergang. Es wurden Pläne gemacht für den 7. April. Der 80.Geburtstag seines Bruders Robert sollte in Mecklenburg gefeiert werden. Vorher wollte Hermann Ihde noch einmal durch Goldenstädt spazieren, seinen Geburtsort und den Hort seiner Kindheit. Eine Verwandte wollte er noch besuchen. „So Gott will und wir leben, bin ich dabei", waren seine Worte bei der Verabschiedung am Sonntag, den 2. April. So hat er sich fast immer verabschiedet.

Am Abend des 6. April brach er in seiner Wohnung ohnmächtig zusammen. Der herbeigerufene Krankenwagen brachte ihn noch ins Krankenhaus. Aus seiner Ohnmacht ist er nicht mehr erwacht. Ein Lebensende, wie Hermann Ihde es sich immer gewünscht hatte. Mitten aus dem Leben. Aus einem prallen, gefüllten Leben. Kein Leiden. Gut für ihn. Schwer für die, die ihn so plötzlich verloren haben. Auch wenn das Bewusstsein da ist, dass das Leben auf dieser Erde endlich ist. Das Leben von Hermann Ihde auf dieser Erde endete am 6. April 2000.

Persönliche Anmerkung des Autors zu Hermann Ihde:

Schlagzeilen und Kleingedrucktes - Menschen brauchen Menschen

Charles M. Schultz, der Erfinder und Zeichner der Comic Serie „Die Peanuts", hat seine Freunde gerne mit einem Fragebogen in Verlegenheit gebracht:

Nennen Sie die fünf reichsten Menschen der Erde, drei Miss Worlds mit Namen, zehn Gewinner des Nobelpreises, fünf Oscar Gewinner und zehn Gewinner des Wimbledon Tennisturniers.

Er hat sie eine kleine Zeit grübeln lassen. Die meisten konnten, wenn überhaupt, nur sporadisch antworten. Aber dann folgten fünf weitere Fragen:

Nennen Sie drei Lehrer, die Sie in Ihrer Schulzeit geprägt haben, zwei Freunde, die Ihnen in schwierigen Situationen beigestanden haben, fünf Menschen, von denen Sie etwas Entscheidendes gelernt haben, fünf Menschen, mit denen Sie gerne Zeit verbringen, drei Menschen, deren Lebensgeschichte Sie beeindruckt hat.

Nun konnten alle aufatmen. Da müssen die meisten Menschen nicht lange überlegen. Menschen, die Schlagzeilen gemacht haben, oft nur „5-Minuten-Berühmtheiten", sind weit weniger wichtig für unser Leben als diejenigen, die ihr Leben und ihre Erfahrungen mit uns geteilt haben und noch teilen, die sozusagen das „Kleingedruckte unseres Lebens" geworden sind. Für die kann man dem Schöpfer allen Lebens, kann man Gott in Ewigkeit dankbar sein.

Einen Eindruck auf dieser Welt zu hinterlassen, ist nicht schwierig. Die Herausforderung besteht darin, den richtigen Eindruck zu hinterlassen. Ein Mensch für andere Menschen zu werden, ist eigentlich wichtiger als berühmt zu werden.

Jeder von uns hinterlässt einen Eindruck auf die Menschen um ihn herum. Ich kann ein Segen sein. Ich kann mit meinem Handeln und Reden Menschen aufbauen oder sich minderwertig fühlen lassen. Verlassen die Menschen, die täglich mit mir zusammentreffen, diese Begegnung in einem anderen, besseren Zustand? Das ist eigentlich eine Frage, die ich mir jeden Tag stellen muss und auch beantworten muss. Ob ich will oder nicht. Immer dann, wenn ich mit Menschen in Berührung komme.

Hermann Ihde war so ein Mensch, der einen bleibenden positiven Eindruck hinterlassen hat, wenn man mit ihm zusammengetroffen ist. Der einen in einem besseren Zustand versetzt hat, wenn man ihm begegnet ist. Hermann Ihde war mein Opa. „Opa Billstedt". Der mich die ersten fast 40 Jahre meines Lebens begleitet hat. Und all die Jahre war er ein einmaliger Mensch für mich. Auch wenn ich glaube, dass er es sein konnte, habe ich ihn nie zornig oder lustlos erlebt. Wenn ich als Kind in seiner Nähe war, war er immer präsent. Dasselbe können meine Brüder und alle meine Cousinen und Cousins bestätigen. Für einige war er auch „Opa Ihde". Es machte Spaß, mit ihm zusammen zu sein. Bei den gemeinsamen Spaziergängen mit ihm wurde viel „geschnackt", alles Mögliche erklärt und immer wieder kam er mit Menschen ins Gespräch. „Opa Ihde" war sehr freigiebig. Obwohl er in materieller Hinsicht sicherlich nicht zu den Reichen dieser Welt zählte. Eine Einkehr kurz vor Ende des Spaziergangs war obligatorisch. Als ich noch sehr jung war, gingen wir öfter an einem Spielzeugladen in Billstedt vorbei, wo es meistens eine Kleinigkeit gab. Später war der Schlusspunkt meistens eine „Pinte" in der Nähe der Wohnung von „Oma und Opa". Für Hermann Ihde 'n Bier und (manchmal) 'n Korn, für die Kids ein Würstchen und 'ne Cola oder 'nen Apfelsaft. Oder 'n Eis.

Der Heiligabend in der 3-Zimmer-Wohnung im Kaeriusweg in Hamburg war Kult.

Der Besuch bei „Oma und Opa Billstedt" gehörte zum Ausklang des Heiligen Abend.

Ein Ritus, eine Tradition. Es konnte noch so viel los sein in meiner Familie, der Gottesdienstbesuch, die anschließende Bescherung und das Essen noch so lange dauern, ohne diesen anschließenden Besuch, der immerhin pro Strecke 20 – 30 Minuten Autofahrt bedeutete, hätte etwas gefehlt. Hier traf man immer noch einen Teil der restlichen Familie Ihde. Also Onkels und Tanten, Cousinen und Cousins. Einige gingen gerade, andere kamen später. Omas frisch gemachtes Sauerfleisch wurde probiert und wenn es uns Kindern langweilig wurde, verzog sich „Opa Billstedt" mit den Enkelkindern ins Esszimmer und spielte „Kutscherskat" oder Brettspiele. Er war gerne mit uns zusammen, das spürte man. Und das war wichtig.

Eine Art Schlüsselerlebnis hatte ich noch einmal während meines zusätzlichen Studiums an der Fachhochschule für Öffentliche Verwaltung in Hamburg Mitte 1993. Eik, einer meiner Studienkollegen hatte vor dem Studium eine Ausbildung zum Gärtner auf dem Friedhof Öjendorf gemacht. Dort auch noch einige Jahre gearbeitet. Als ich ihm erzählte, dass mein Opa dort früher auch mal beschäftigt war und Eik mich nach seinem Namen fragte, platzte es mit spontaner Verwunderung aus ihm heraus: „Hermann Ihde ist Dein Opa? Von dem reden sie da heute noch!". Über 20 Jahre, nachdem Hermann Ihde schon in Rente war. Ich erfuhr dann, dass er sehr beliebt war, als Mensch und Kollege sehr geschätzt und geachtet. Hermann Ihde wurde häufig zu Rate gezogen, wenn es menschlich stressige Situationen zu entschärften galt. Eik, mein Studienkollege, kannte Hermann Ihde nicht persönlich, aber seine Chefs, die auch schon Hermanns Chefs waren, haben immer wieder von ihm erzählt. Zu Beginn des Jahres 2018 hat Eik, mein Studienkollege, mich gebeten, seine Mutter zu beerdigen. In Hamburg, auf dem Hauptfriedhof in Ohlsdorf. Auch sie war einmal am Öjendorfer Friedhof in der Verwaltung beschäftigt. Gartenmeister Hermann Martens, selber schon lange in Pension, kam mit seinem Rollator um sich von seiner ehemaligen Mitarbeiterin und Kollegin zu verabschieden. Hermann Martens war der Chef meines Opas (Er kam damals sehr jung in die Leitungsfunktion). Als er mitbekam, dass ich der Enkel von Hermann Ihde bin, war er nicht nur sehr erfreut, es sprudelte eine Anekdote nach der anderen aus seinem Mund. Und er hat noch einmal zum Ausdruck gebracht, wie dankbar er war, Hermann Ihde zum Mitarbeiter gehabt zu haben. 45 Jahre nachdem Hermann Ihde in Rente gegangen ist, 18 Jahre nachdem er verstorben ist. Das hat mir nochmal einen neuen Kick gegeben, mir wirklich immer wieder bewusst zu machen, was Begegnungen im Leben ausmachen können. Dass sie einen Unterschied machen.

Hermann Ihde liebte Menschen. Und Menschen liebten ihn. Er war bekannt in seiner Umgebung. Gehörte für einige sicherlich zum Stadt- bzw. Stadtteilbild. „Opa Billstedt", Hermann Ihde, war in seiner Umgebung schon so etwas wie ein Original. Ein Original des Schöpfers dieser Welt. Jemand, der seiner Umgebung und den Menschen einfach gut tat. Ein Veränderer. Jemand, der Eindruck hinterließ. Jemand, bei dem man sich hinterher besser fühlte, wenn man eine Begegnung mit ihm hatte. Und so etwas wirkt lange nach. Dafür darf man in Ewigkeit dankbar sein.

Einen Eindruck auf dieser Welt zu hinterlassen, ist nicht schwierig.

Die Herausforderung besteht darin, den richtigen Eindruck zu hinterlassen.

Infos zum Autor:

Thomas Klappstein ist geboren und aufgewachsen im Großraum Hamburg (Geboren in Ahrensburg, aufgewachsen in Großhansdorf). Gelernter Groß- und Außenhandelskaufmann (Ausbildung in Hamburg), studierter Theologe, studierter Diplom-Verwaltungswirt. Als solcher u. a. Betreuung politischer Bezirksausschüsse im Bezirksamt Hamburg-Nord.

Ordinierter Pastor im Mülheimer Verband Freikirchlich-Evangelischer Gemeinden (MVFEG). Für dessen „Westbund" u. a. Delegierter in der Arbeitsgemeinschaft Christlicher Kirchen in Nordrhein-Westfalen (ACK-NRW).

Früher hauptamtliche Gemeindearbeit als Pastor evangelischer Freikirchen im Ruhrgebiet. In Marl Vikariat sowie anschließend als Pastor mit Schwerpunkten in der Jugendarbeit sowie Presse- und Öffentlichkeitsarbeit (Evangelische Freikirche Hüls). In Duisburg als Gemeindepastor (Christus Gemeinde Duisburg). Frühere Medienarbeit (PR & ÖFA) für den MVFEG und dessen MaiVestival, das von ihm auch inhaltlich mitentwickelt wurde. Jahrelange redaktionelle Mitarbeit in diversen Zeitschriftenredaktionen. Leitete 12 Jahre die „Follow The Son/Sun" – Junge-Erwachsenen-Freizeiten in Calvi auf Corsica. Inhaltliche Gestaltung von Segelfreizeiten des CVJM-Sozialdienstes Mülheim a. d. Ruhr im niederländischen Watten- und Issjelmeer für Jungen aus sozial-problematischem Umfeld.

Freiberuflich aktiv als Autor, Presse- u. Öffentlichkeitsarbeiter, Redner u. a. auf Hochzeiten (Kontakt über die Internet-Plattformen „Zeremonienleiter/Thomas Klappstein" oder „Rent-A-Pastor/Thomas Klappstein") und Trauerfeiern, Prediger. Darüber hinaus gestaltet er regelmäßige Rundfunkbeitrage für das Radioprogramm der hessischen Medienanstalt ERF.

Bisher über 15 Bücher unter eigenem Namen als Autor und Herausgeber in verschiedenen Verlagen veröffentlicht. U. a. von 2012 bis 2018 die 7bändige Reihe „Weihnachtswundernacht" im Brendow Verlag, mit jeweils neuen Kurzgeschichten zu Advent und Weihnachten. Darüber hinaus wurden Beiträge von ihm in diversen anderen Büchern und Publikationen veröffentlicht (u. a. bei „Rowohlt"). Er lebt mit Ehefrau Claudia, die als Sängerin, Musikerin und Lehrerin aktiv ist, im Duisburger Süden, nahe der Sechs-Seen-Platte. Gemeinsam haben sie zwei volljährige Kinder. Die Tochter lebt, studiert und arbeitet in Hamburg. Der Sohn studiert nach seinem einjährigen „Work & Travel – Aufenthalt" in Australien, Neuseeland und Canada in Düsseldorf und ist Teil des „Spieltrieb"-Ensembles des Theater Duisburg.

Mit seiner Ehefrau Claudia ist Thomas Klappstein seit 2012 zum Jahresende, jeweils ab Mitte November, regelmäßig zu „Adventlichen Kunstpausen – Lesungen & musikalische Atempausen zur Weihnachtswunderzeit" in unterschiedlichsten Locations unterwegs. Kontakt und Infos über Email: „ThoKla1 @ gmx.de"

Adventliche Kunstpause

Lesungen & musikalische Atempausen
zur Weihnachtswunderzeit

Adventlich-Weihnachtliches-Programm-
Angebot z. B. für Kulturschaffende und
(öffentliche) Kulturinitiativen

Unter der Herausgeberschaft von Thomas Klappstein sind in den letzten Jahren 7 Bände der „Weihnachtswundernacht" in Folge als Buch im Brendow
Verlag erschienen. Mit neuen Kurzgeschichten, Erzählungen und Texten unterschiedlichster Autorin-
nen und Autoren für die gefühlt oft schönste Zeit
des Jahres, die einen bunten literarischen Bogen
spannen über die Ereignisse der Advents- u. Weihnachtszeit. Humorvolle und spannende Geschichten sind genauso vertreten, wie nachdenklich ma-
chende und tiefgründige Beiträge.

Wie bei einem Kaleidoskop entsteht jedes Mal ein
anderes Bild im Kopf des Lesers, wenn eine neue
Geschichte gelesen wird zum Thema Advent und
Weihnachten. Der Fokus richtet sich jeweils auf
einen neuen Aspekt dieser „Weihnachtswundernacht", die vor knapp 2000 Jahren ihren Ausgang
hatte, und bis heute den jahreszeitlichen Kalender
maßgeblich beeinflusst. Unterhaltsam geschrieben,
laden die Geschichten ein, die Vorweihnachts-, Ad-
vents- und Weihnachtszeit mit ihrem Charme zu

genießen und sich auch von der Botschaft der Weihnachtswundernacht inspirieren zu lassen.

Mit den Geschichten und Texten aus den Weihnachtswundernacht-Bänden haben der Autor und die Musikerin und Sängerin Claudia K. seit dem 1. Band jedes Jahr „ADVENTLICHE KUNSTPAUSEN - Lesungen mit musikalischen Atempausen zur Weihnachtswundernacht" in den unterschiedlichsten Locations gestaltet (Bistros, Restaurants, Buchhandlungen und Büchereien, Dekoläden, „Wohnzimmerkonzerten", Kirchengemeinden etc.). Viele Veranstalter haben die „Adventlichen Kunstpausen" in ihrem jährlichen Veranstaltungsangebot fest etabliert. Die (neuen) Texte werden vom Autor ausgewählt und vorgetragen bzw. gelesen und Claudia K. sorgt für die musikalischen Atempausen.

Stimmungsvolle und atmosphärisch dichte Veranstaltungen, die für die Gäste entweder einen stilvollen Einstieg in diese besondere Jahreszeit bedeuten oder für eine kunstvolle Oase im hektischen Betrieb der Advents- und Weihnachtszeit sorgen.

In die wechselnden Programme fließen jedes Jahr eine Textauswahl aus allen veröffentlichen Bänden ein, dazu passende Musik - nicht nur weihnachtlich, aber immer passend (bei denen die Gäste auch oft und gerne mit einstimmen).

Eine „Kunstpause" in der Advents- und Vorweih-
nachtszeit, die bei den Zuhörern für überraschen-
de, fröhliche, besinnliche und gerne auch herausfordernde Momente sorgen dürfen. Vielleicht auch
einmal in Ihrer Region oder Institution? Oder bei
Ihnen Zuhause?

Bei Interesse nehmen Sie Kontakt
mit dem Autor dieses Buches auf:
Thomas Klappstein
Fon: +49(0)203/721428
Mobil: +49(0)174/7642521
Email: ThoKla1@gmx.de

Bücher von Thomas Klappstein:

„Weihnachtswunderzeit – Kleine Geschichten zum großen Fest"
Trio Infernale Edition * zusammen mit Frank Bonkowski
und Mickey Wiese
BOD Verlag, Norderstedt 2019, ISBN 978-3-74948-337-2

„Es weihnachtet sehr"
Erzählungen zum Ankommen in der schönsten Zeit des Jahres"
Brendow Verlag, Moers 2019, ISBN 978-3-96140-119-2

„WEIHNACHTSWUNDERNACHT" Bd.7
- Geschichten für die schönste Zeit des Jahres"
Brendow Verlag, Moers 2018, ISBN 978-3-96140-066-9

„WEIHNACHTSWUNDERNACHT" Bd.6
- Geschichten für die schönste Zeit des Jahres"
Brendow Verlag, Moers 2017, ISBN 978-3-86506-991-7

* „WEIHNACHTSWUNDERNACHT" Bd.5
- Erzählungen für die schönste Zeit des Jahres"
Brendow Verlag, Moers 2016, ISBN 978-3-86506-899-6

* „Nicht alltäglich – 182 1/2 außergewöhnliche Andachten"
Brendow Verlag, Moers 2010, ISBN 978-3-86506-329-8
2.Auflage Januar 2013 * 3.Auflage Mai 2016

*Autorenbeitrag in: „WEIHNACHTSGESCHICHTEN AM KAMIN 30"
herausgegeben von Barbara Mührmann
rororo (Rowohlt Verlag), Reinbek bei Hamburg 2015
2.Auflage Dezember 2015 * 3.Auflage Oktober 2016

„WEIHNACHTSWUNDERNACHT" Bd.4
- Erzählungen für die schönste Zeit des Jahres"
Brendow Verlag, Moers 2015, ISBN 978-3-86506-782-1

„Weihnachtswunderlichter"
Einige Favoriten aus WWN 1-3 im Reclam-Format
Brendow Verlag, Moers 2015, ISBN 978-3-86506-783-8

„WEIHNACHTSWUNDERNACHT" Bd.3
- 24 Erzählungen für die schönste Zeit des Jahres"
Brendow Verlag, Moers 2014, ISBN 978-3-86506-670-1

„WEIHNACHTSWUNDERNACHT" Bd.2
- 24 Erzählungen für die schönste Zeit des Jahres"
Brendow Verlag, Moers 2013, ISBN 978-3-86506-527-8

Autorenbeitrag in
„Winterwundernacht – 24 Geschichten bis Heiligabend"
Nicolas Koch (Hrsg.)
Brendow Verlag Moers 2013 * ISBN 978-3-86506-534-6

* **„Keine halben Sachen - 182 1/2 neue außergewöhnliche Andachten"**
Brendow Verlag, Moers 2013, ISBN 978-3-86506-525-4"

„WEIHNACHTSWUNDERNACHT"
- 24 Erzählungen für die schönste Zeit des Jahres"
Brendow Verlag, Moers 2012, ISBN 978-3-86506-405-9

*Zwei Autorenbeiträge in:
„Wenn sich der Himmel wieder öffnet - Menschen mit Schicksalsschlägen erzählen",
Hrsg. Susanne Hübscher/Nicolas Koch, Brendow Verlag, Moers 2012, ISBN 978-3-86506-375-5

* **„Jesus - Besser ist das! – 52 neue Heartbeats"**, Das 3. Jesus Freaks Andachtsbuch, Brendow Verlag, Moers 2011, ISBN 978-3-86506-359-5

*Autorenbeitrag in:
„WEIHNACHTSGESCHICHTEN AM KAMIN 24"
herausgegeben von Ursula Richter und Wolf-Dieter Stubel
rororo (Rowohlt Verlag), Reinbek bei Hamburg 2009
2. Auflage November 2010

* **„Jesus, was sonst?! – 52 Heartbeats # 2",**
Das 2. Jesus Freaks Andachtsbuch,
Aussaat Verlag, Neukirchen-Vluyn 2008, ISBN 978-3-7615-5666-5

* **„Kein Weihnachtsstress"**
Aussaat Verlag, Neukirchen-Vluyn 2006,
ISBN 3-7615-5508-3

* **„Verknallt in Jesus - 52 Heartbeats",**
Das Jesus Freaks Andachtsbuch,
Aussaat Verlag, Neukirchen-Vluyn 2006 ISBN 3-7615-5504-0 und
Orkrist Verlag

*„Volles Haus > Gottesdienste mit allen Generationen",
Aussaat Verlag, Neukirchen-Vluyn 2006, ISBN 3-7615-5305-6

*„Junge Gottesdienste gestalten",
Aussaat Verlag, Neukirchen-Vluyn 2004
(Aus den Beobachtungsprotokollen eines Geheimagenten des PGS
- Pharisäischen Gesetzes-Schutzes) ISBN 3-7615-5383-8